MW00567430

Titre original : *Secret Heart*
Édition originale publiée par Hodder Children's Books, 2001
© David Almond, 2001, pour le texte
© Éditions Gallimard Jeunesse, 2003, pour la traduction française

David Almond

Rêve de tigre

Traduit de l'anglais
par Philippe Giraudon

FOLIO JUNIOR/**GALLIMARD** JEUNESSE

Pour Maggie Noach

Le tigre s'avançait doucement dans la nuit. Joe Maloney sentait son odeur, son souffle aigre et chaud, sa fourrure puante. L'odeur s'insinuait dans les rues, franchissait sa fenêtre ouverte et pénétrait dans ses rêves. Il sentait sur sa langue, dans ses narines, les effluves de la bête sauvage. Elle s'approchait comme si elle le connaissait, comme si une force l'attirait vers lui. Joe entendit ses pas feutrés sur les marches. Il entendit sa respiration longue et lente, le soupir au fond de ses poumons, le râle dans sa gorge. Elle entra. Sa présence remplissait la chambre. La tête énorme se pencha sur lui, les yeux luisant de cruauté se fixèrent sur lui. Aussi rêche que du papier de verre, la langue chaude lécha son bras. La gueule était grande ouverte, les crocs recourbés prêts à se refermer sur lui. Il se prépara à mourir. Puis quelqu'un quelque part appela :

— Tigre ! Tigre ! Tigre !

Et la bête disparut.

S'approchant de la fenêtre, il mit ses mains en entonnoir pour regarder dehors. Elle était là, elle s'éloignait en bondissant à la lueur orangée des réverbères, sur le pavé blafard, parmi les maisons pâles. Plus longue qu'un homme, plus haute qu'un garçon. Il lança en haletant : « Tigre ! » Puis il se tut, et la bête tourna la tête pour le chercher du regard. « Tigre ! », chuchota-t-il quand elle leva les yeux et le contempla fixement.

« Tigre ! » appela quelqu'un. Joe vit la silhouette immense et obscure de l'homme se détacher sur les ombres de la Tranchée. « Tigre ! »

Avant de se détourner, le tigre regarda le garçon. Des étoiles brillaient dans ses yeux. La bête fit entrer dans son monde Joe Maloney. Puis elle repartit en courant vers la Tranchée. Ses flancs et ses épaules ondulaient, sa queue se balançait. Elle rejoignit la silhouette obscure qui l'attendait et Joe les vit disparaître loin de lui, loin du village, au plus profond des ténèbres de la nuit.

VENDREDI

Chapitre 1

Toute la nuit, Joe Maloney s'agita, couvert de sueur, se tournant et se retournant dans son lit. Il rêva à des moteurs rugissants, à des lumières flamboyantes. Des hommes criaient, des enfants hurlaient, des chiens glapissaient. Du métal s'entrechoquait bruyamment. Il rêva que la surface de la terre se soulevait et que des crochets géants la fixaient au ciel. En dessous, des bêtes informes dansaient dans l'obscurité. Puis il resta aussi immobile qu'un mort. Le souffle égal, le cœur paisible. Il sentit une odeur de sciure, de toile de tente, des relents d'excréments et de sueur d'animaux. Des bruits légers – craquements assourdis, battements d'ailes. Il sentit des doigts palper son crâne, une voix chuchoter son nom. Il allait s'éveiller dans un monde nouveau.

– Joe ! cria sa maman. Joseph !

En ouvrant les yeux, il ne découvrit que sa chambre où un pâle soleil s'insinuait à travers les rideaux minces, ses dessins d'enfant scotchés aux murs, ses vêtements entassés par terre. Il renifla dans l'espoir de sentir de nouveau l'odeur du tigre.

– Joe ! appela-t-elle. Tu veux bien te lever, mon garçon ?

Il se glissa hors du chaos de son lit, ramassa ses vêtements et s'habilla. Il enfila péniblement ses lourds souliers. Il humait l'air, tendait l'oreille, plissait les yeux.

– Joe !

Dans la salle de bains, il s'aspergea d'eau puis s'approcha du miroir pour inspecter son visage pâle, ses cheveux en bataille, ses yeux dont l'un était vert, l'autre marron. Il n'avait pas changé. Il n'était toujours que Joe Maloney.

– Joseph !

Il descendit l'escalier et entra dans la cuisine. Sa mère était assise à la table, occupée à verser du jus d'orange. En le voyant, elle secoua la tête et fit clapper sa langue. Il rajusta de son mieux sa chemise sur ses épaules. Elle attacha les lacets de ses souliers.

– Comment te sens-tu, Joe Maloney ?

– C-comme moi, répondit-il avec un large sourire.

Elle le tapa gentiment sur l'épaule.

– Comme toi. Et tu auras besoin de moi toute ta vie pour te réveiller et te lacer tes souliers ?

– Oui, assura-t-il en souriant de plus belle.

Il beurra une tartine qu'il entreprit de mastiquer. Elle sourit et lui lissa les cheveux avec sa main.

– J'ai fait un r-rêve, dit Joe.

– Voilà une nouvelle surprenante !

– Il y avait...

Elle secoua la tête mais se pencha vers lui pour l'écouter.

– Il y avait quoi ? demanda-t-elle.

Joe se frotta les yeux et cligna des paupières. Ce qu'il voyait par la fenêtre lui coupait le souffle : le sommet d'une tente bleue dominait les toits du village.

– Qu'est-ce que c'est ?

– Hum ?

– Regarde donc, maman !

Il pointa le doigt. Une tente bleue, d'un bleu plus pâle que le ciel du matin. Un grand chapiteau azuré qui tremblait légèrement dans la brise matinale.

– Quoi ?

– Là-bas ! Regarde, maman.

Elle plissa les yeux et scruta l'horizon.

– Une tente, s'exclama-t-il. Un chapiteau.

– Oh… Mais oui. Comment est-ce possible ?

Ils contemplèrent ensemble le versant de toile bleue surgissant des toits d'un rouge poussiéreux.

– Ça alors, dit-elle. Il doit s'agir d'un cirque, pas vrai ? La dernière fois qu'on a vu un cirque à Helmouth, c'était…

Elle haussa les épaules.

– C'était avant notre arrivée, je pense.

Joe fourra dans sa bouche un morceau de tartine. Quand il s'apprêta à sortir, elle l'attira contre elle.

– Et maintenant, Joe Maloney… commença-t-elle.

Il baissa les yeux puis la regarda.

– Tu sais ce que je vais te dire, n'est-ce pas ?

– Oui, maman.

– Tu vas me faire le plaisir d'aller en classe, aujourd'hui. D'accord ?

– D'accord, maman.

Elle l'embrassa.

– Je ne veux plus voir ici cet énergumène de professeur, c'est compris ?

– C'est compris, maman.

– Toi, alors, quel numéro ! Par moments, je me
demande quel phénomène j'ai mis au monde. Comment
un garçon peut-il être si adorable et me causer tant de
soucis ? Tu peux me dire comment c'est possible ?

– Non, maman.

– Non, maman. Allez, donne-moi donc un baiser.

Elle l'accompagna à la porte et le regarda traverser
le jardin jusqu'à la grille. Quand il se retourna pour lui
faire au revoir de la main, elle leva le doigt.

– Rappelle-toi ce que nous avons dit !

– Oui, maman, lança-t-il avant de s'élancer en direction de la Tranchée.

Chapitre 2

Il oscillait sur ses jambes maigres en soulevant péniblement les talons de ses souliers disgracieux. Avant
de s'avancer dans la Tranchée, il hésita, soupira et ras-
sembla ses forces. Plusieurs membres de la bande de
Cody étaient déjà installés à l'orée des terrains
vagues : Mac Bly, Geordie Carr, Jug Matthews, Goldie
Wills. Ils serraient dans leurs poings des cigarettes
fumantes. Quand il passa, ils le poussèrent du coude
et lui firent des croche-pieds.

– Maloney l'Unique, se mirent-ils à chantonner,
lalalalaaaa !

– T'as vu ? Les monstres sont arrivés ! glapit Plug en
désignant du doigt le chapiteau.

– Tu vas te sentir chez toi, aujourd'hui, Maloney !

– Le seul, l'unique Maloney ! Ahahahah !

Sa mère lui avait dit qu'il devait leur tenir tête, mais
il ne savait comment affronter leurs regards, et encore
moins comment leur parler. Il garda la tête baissée en
se frayant un chemin.

Une fois hors de leur portée, il essuya leurs crachats

sur sa joue avec sa manche. Il s'éloigna sur les terrains vagues, en direction de l'immense tente bleue.

Leurs voix le poursuivaient, mais cette fois ils s'adressaient aux gens du cirque.

– Fichez le camp, ordures ! Fichez le camp, sales bohémiens ! Allez planter votre tente ailleurs ! Ahahahah !

Sur le terrain vague, d'autres enfants, plus jeunes, seuls ou en groupe, faisaient cercle autour du chapiteau et regardaient.

Une énorme banderole se déployait sur la tente :

CIRQUE HACKENSCHMIDT
LA DERNIÈRE TOURNÉE!
VOTRE DERNIÈRE CHANCE!
A voir MAINTENANT ou JAMAIS!

Derrière la tente étaient garés des voitures, des camions et des caravanes d'un âge vénérable.

Il entendit son nom et se retourna pour découvrir Stanny Taupe qui arrivait à sa hauteur.

– Je les ai entendus se pointer cette nuit, lança Stanny. J'ai cru que c'était la guerre ou je ne sais quoi.

Joe hocha la tête.

– Mais ce n'est qu'un vieux cirque sans intérêt, poursuivit Stanny. Viens, allons nous balader.

Joe pensa à sa maman et fit non de la tête.

– Pas aujourd'hui. Il faut absolument que j'aille à l'école.

Cependant il ne bougea pas. Il regarda la tente et les terrains vagues s'étendant au-delà, et il sut qu'une nouvelle fois il n'irait pas en classe.

Un homme maigre et pâle, dont le menton s'ornait d'une barbiche, sortit du chapiteau. De petits chiens vêtus d'une jupe argentée dansaient autour de lui. Il distribua des prospectus qui offraient des tickets à moitié prix pour la première représentation.

– Regarde dans quel état est ce bonhomme, dit Stanny. Ce cirque tout entier tombe en ruine. Alors, Joe, tu viens ?

L'homme s'avança vers les deux garçons. Il leur fit un clin d'œil et donna une bourrade amicale à Joe.

– Bonjour, mon vieux ! lança-t-il.

Il abaissa les coins de sa bouche pour prendre un air triste, puis les releva en arborant une expression joyeuse.

– Bonjour ! répéta-t-il.

Il tendit de nouveau la main pour lui donner une bourrade, mais Stanny tira Joe en arrière.

– Fichez-lui la paix, dit-il. Et maintenant, viens, Joe. Arrête de rêver.

Ils commencèrent à s'éloigner, mais Joe s'immobilisa brusquement.

Une fille était apparue sur le seuil du chapiteau. Petite, les cheveux noirs, elle avait le même âge que les deux garçons. Elle portait un imperméable crasseux serré à la taille, des collants noirs et des ballerines argentées. Elle écartait d'une main la toile de la tente, dont l'intérieur derrière elle apparaissait plongé dans

16

une pénombre bleue. Ses yeux rencontrèrent ceux de Joe et elle sourit en écartant encore davantage l'entrée du chapiteau.

Stanny cracha.

– Viens donc, s'impatienta-t-il. Filons avant que quelqu'un ne nous voie.

– D'accord... d'accord...

– Qu'est-ce que tu fixes comme ça ?

– Rien.

Joe ne pouvait détacher son regard de cette fille. Il l'avait déjà vue. Il était certain de l'avoir déjà vue.

Stanny tira sur son bras.

– Ce n'est qu'une petite bohémienne de rien du tout.

Joe ne bougea pas.

– Une m-minute.

Stanny le tira plus fort.

– Viens, Joe. Ça suffit, mon vieux.

Et Joe détourna son regard et suivit Stanny à travers les terrains vagues, en tournant le dos à Helmouth.

Chapitre 3

Helmouth. On en parlait comme d'un village, mais c'était juste un endroit en bordure de la ville, à l'orée des terrains vagues. Un chaos de maisons vieilles ou neuves, de trottoirs défoncés et de routes. L'auberge de la Tête du Cerf, aux murs couverts de graffitis. Une supérette désaffectée. Un kiosque, une gargote à frites, un pressing minable. La Taverne du Buveur, où travaillait la mère de Joe. Il était sans cesse question de grands changements imminents : une piscine, un complexe sportif, un centre commercial, un lotissement flambant neuf. Mais Helmouth semblait avoir été oublié, laissé pour compte. On avait vu des hommes arpenter les lieux avec des instruments de mesure et poser des jalons. Des bulldozers étaient même venus un jour éventrer la terre et la pousser en tas. Mais tous n'avaient fait que passer. Il n'en sortit rien. A Helmouth, tout semblait toujours retourner au néant.

Tandis que Joe et Stanny marchaient, ils voyaient sans cesse des alouettes s'envoler. Elles jaillissaient de l'herbe et montaient en flèche dans le ciel où elles restaient suspendues, presque invisibles, en chantant inlassablement. Joe leva la tête, les regarda, les entendit chanter dans le ciel et dans son cœur.

– Écoute, chuchota-t-il.

– Joe, dit Stanny Taupe.

– É-écoute-les, Stanny.

Il posa un doigt sur ses lèvres. Stanny cracha.

– Nous repartons en expédition cette fin de semaine, Joff et moi. Tu pourrais nous accompagner, Joe. Joe ?

Mais Joe était perdu dans la contemplation du ciel.

– Joe ! s'écria Stanny. Je me demande vraiment pourquoi je perds mon temps avec toi. Joe !

Il tira sur son bras, l'arracha à son rêve et ils continuèrent leur marche.

Toute la contrée répondait à des noms familiers, des noms que des générations d'enfants s'étaient transmis. Ils étaient nés de vieilles histoires, de jeux meurtriers, de découvertes terrifiantes : le Champ des Crânes, le Pré aux Rats, le Remblai de la Jambe Perdue, l'Étang Sanglant, le Chemin de la Vipère.

– On se retrouve demain à cinq heures du matin, reprit Stanny. Viens avec nous, Joe. Pense aux aventures qui nous attendent !

Joe fixa l'endroit que Stanny désignait du doigt. A un peu plus d'un kilomètre, l'autoroute bourdonnant de véhicules était noyée de gaz d'échappement et de soleil. Au-delà, le terrain s'élevait de nouveau en direction de la Forêt Argentée, des Collines d'Or et des Rochers de l'Os Noir, montant à l'assaut du ciel.

– On marchera toute la journée. On ira bien plus loin

qu'ici, dans des endroits sauvages, tu vois, vraiment sauvages. On portera nos tenues de combat, avec des couteaux, des frondes et des collets dans nos poches. On tuera une proie pour notre déjeuner. On dépouillera un arbre pour nous fabriquer un abri. On allumera un feu. Joff boira et nous parlera du temps où il était à l'armée, et on écoutera les bruits de la nuit. On peut pas rêver mieux, Joe.

– Tu crois ?

– T'es jamais allé là-bas, je parie ?

– Non.

C'était la vérité : il n'avait jamais été si loin. Mais il lui arrivait souvent de marcher jusqu'à l'autoroute, pour scruter à travers la circulation assourdissante la contrée séduisante qui s'étendait de l'autre côté. Et il s'y rendait fréquemment dans ses rêves. Il arpentait en rêve la Forêt Argentée, tantôt avec Stanny, tantôt avec sa maman. De plus en plus souvent, il était accompagné d'une petite fille inconnue. Il ne la voyait pas clairement, mais elle marchait d'un pas vif à son côté, pleine d'impatience.

– Et t'as jamais passé toute une nuit loin de chez toi, ajouta Stanny. Je me trompe ?

Joe secoua la tête. Jamais.

– Eh bien, il est temps que tu t'y mettes. Il faut que tu t'endurcisses, Joe. Il faut que…

Stanny cracha et poussa un juron. Joe contemplait fixement la masse dense des arbres dans le lointain, les sentiers montant vers les sommets des collines comme des traits de crayon, la bruyère pourpre, les rocs noirs, les ruisseaux semblables à des fils d'argent. La tête penchée, les yeux plissés, il regarda fixement le ciel. Elles étaient là, les créatures qu'il connaissait depuis toujours, les bêtes qui tournoyaient dans l'air vide au-dessus des Rochers de l'Os Noir. Il se tourna vers son ami, comprit que Stanny ne voyait rien. Il frappa du pied la terre. Les mots qu'il prononça trébuchèrent sur sa langue.

– P-pourquoi veux-tu aller là-bas avec J-Joff ? demanda-t-il.

– Joff ? Si tu viens, tu comprendras pourquoi.

– Une fois, nous avons d-dit que nous irions ensemble. Rien que toi et…

– C'était il y a des siècles. On était des bébés, on n'y connaissait rien.

Stanny lui jeta un regard furibond et ajouta :

– Certains d'entre nous ont grandi, Joe.

Il ramassa deux pierres grosses comme des poings et entreprit de les soulever de haut en bas au niveau de ses épaules, puis il les fourra dans les mains de Joe.

– Allez, à ton tour. Ça fait travailler les muscles.

Joe laissa échapper les pierres qui retombèrent par terre.

– De quoi tu as l'air ? s'exclama Stanny.

Il se détourna et cracha.

– Viens avec Joff et moi. Il fera de toi un homme.

Joe contempla de nouveau l'horizon. Même s'il ne savait quel nom donner à ces créatures, il voyait ce qui volait dans la lumière du jour. Et il savait ce qui rôdait dans ces parages, au cœur de ses rêves. Il continua de marcher, en frissonnant à l'idée de s'y rendre en compagnie de Joff.

Chapitre 4

Joff. Des yeux injectés de sang, une peau de serpent tatouée sur sa gorge, deux dents en or, le crâne rasé, le corps musclé. Un jour, chez Stanny, Joe le vit piquer une épingle à nourrice dans la peau de son avant-bras et la refermer. Il eut un large sourire. Puis il prit une autre épingle qu'il fixa à son autre bras, et il sourit de nouveau. Stanny racontait qu'il faisait encore bien d'autres choses pour démontrer que la douleur n'était rien. Il connaissait le moyen, avec de la paraffine dans sa bouche, de cracher du feu. Il était capable de retenir sa respiration sous l'eau si longtemps qu'il semblait impossible qu'il ne soit pas mort. C'était un dur. Il savait comment survivre. En restant quelque temps avec lui, Joe verrait tous ses trucs et pourrait les apprendre.

Un après-midi, en rentrant chez lui, Joe découvrit Joff appuyé contre l'encadrement de la porte de leur cuisine, un pied sur la marche. Quand il le vit apparaître à l'angle de la maison, l'homme le prit dans ses bras et le souleva jusqu'à sa poitrine.

– Salut, fils ! s'exclama-t-il, si proche que Joe sentit son haleine empestant la cigarette. T'as passé une bonne journée à l'école ?

Dès qu'il le lâcha, Joe courut vers sa maman qui était debout près de la table de la cuisine. Elle passa son bras autour de son épaule.

Joff leur sourit et ses dents en or étincelèrent.

– T'as une jolie maman, fils, dit-il.

Il fit un clin d'œil et ajouta :

– Tu le sais bien, pas vrai, petit veinard ?

Joe sentit le souffle oppressé de sa maman, les battements accélérés de son cœur.

– Allons, Joff, dit-elle. Va-t'en, maintenant. Je t'en prie. Et ne t'avise pas de revenir.

Joff se contenta de croiser les bras en l'observant avec un sourire doucereux. Puis il se lécha les lèvres.

– Essaie de plaider ma cause, fiston, lança-t-il en s'en allant. Parce que ta maman est vraiment un joli morceau.

Cette nuit-là, Joe fut hanté par Joff. Il ne cessait de répéter : fils, fiston… Joe rêva qu'il était un bébé. Joff était dans leur maison et enlaçait sa maman. Il se penchait sur lui, grimaçait des sourires et tendait la main pour le chatouiller. Joe se réveilla en sursaut dans l'obscurité. Était-ce un souvenir ou seulement un rêve ? Il traversa le palier et grimpa dans le lit de sa mère.

– Maman, chuchota-t-il. Maman.

Elle se poussa pour lui donner de la place et continua de dormir.

– M-Maman.

– Chut…

– Maman. Est-ce que Joff était mon p-pa…

Elle émergea lentement du sommeil.

– Ton papa ?

– J'ai rêvé…

– Voyons, Joe, ce n'était qu'un rêve. Tu sais qui était ton papa. Un joli garçon qui dansait la valse dans une foire et qui n'avait pas plus de cervelle que ta maman à l'époque. Et tu sais que je regrette que tu sois né dans ces conditions, mais que jamais je ne regretterai ta naissance.

– Ce n'était pas J…

– Voyons, Joe !

Elle se redressa et caressa les cheveux de son garçon. Le clair de lune brillait dans ses yeux.

– Ce n'était pas Joff. Qu'il revienne s'il le veut, il n'aura jamais rien à voir avec nous.

Elle lui sourit.

– Toi et tes rêves. Allons, calme-toi.

Elle entonna une chanson qu'elle lui chantait quand il était petit :

« Si j'étais un petit oiseau, haut dans le ciel,
Voici comme j'étendrais mes ailes
Pour voler, voler, voler.
Si j'étais un chat, je resterais assis près du feu…
Voici comme je me servirais de mes pattes
Pour laver ma frimousse… »

– Je n'avais jamais rien vu d'aussi mignon que toi, mon joli petit bébé couché contre moi. Dès ton premier cri, j'ai compris que tu serais plus sensible que les autres, que tu sentirais plus intensément la peur aussi bien que la joie. J'ai su que ton chemin serait semé d'embûches.

Elle secoua la tête en souriant et l'attira plus près.

– Mais ton cœur est rempli de force et de bonté, Joe Maloney. Tu trouveras ta voie.

Il était couché contre elle. Elle recommença à chanter.

« Si j'étais un petit lapin, au bois je vagabonderais,
Voici comme je creuserais mon terrier
Pour être chez moi.
Si j'étais… »

– La vie n'est pas facile, soupira-t-elle. Mais nous sommes là l'un pour l'autre, Joe Maloney, et rien ne nous enlèvera ça. Bonne nuit, mon chéri.

– Bonne nuit.

Il retourna dans son lit. Il aurait voulu être capable de chasser Joss du jardin, mais il se sentait si petit, si jeune, si mal assuré. Toute la nuit, et pendant encore bien d'autres nuits, il fut hanté par l'image de Joff avec sa mère et par la peur que Joff ne soit son père.

Chapitre 5

– Un de ces jours, dit Stanny, nous resterons dehors pendant des semaines. Il s'agira vraiment de survivre. On vivra de ce qu'on pourra attraper et tuer. Retour à la nature ! Peut-être même qu'on ira piller des fermes ou je ne sais quoi. Peut-être qu'on finira par partir au loin, de plus en plus loin, en pillant et en volant. On deviendra des hors-la-loi !

Joe pensait toujours au visage de la fille qui l'avait regardé d'un air si naturel sur le seuil du chapiteau. Il avait l'impression qu'elle lui était depuis longtemps familière, et qu'elle aussi le connaissait. Il se remémorait l'odeur aigre du tigre, sa langue âpre, ses crocs. Tout cela lui semblait si familier. Comme un souvenir, et non un rêve. Joe se retourna et vit le sommet de la tente se détachant sur le ciel.

– C'est comme ça que ça se passait dans le temps, continua Stanny. L'homme contre la nature. La survie du plus fort. Tuer ou être tué. Alors que maintenant… T'as jamais tué, pas vrai ?

– Non.

– Suffit de taper fort. Vite fait bien fait. Joff pourrait te montrer. Il t'aime bien, tu sais.

– L-lui?

– Il dit que t'as quelque chose qui manque aux autres gamins du coin. Il dit qu'il veut t'aider à t'endurcir. Il aime bien ta maman aussi. Il dit…

Joe avait la tête qui tournait. Il n'écoutait pas. Il voyait les crocs du tigre se planter dans la gorge de Joff, il entendait le grognement de plaisir du fauve. Il soupira.

– Y avait des ours et des loups par ici, dit Stanny.

– C'est fini depuis des siècles.

– D'accord, mais on raconte qu'y a encore des panthères et je ne sais quoi qui vivent dans les environs.

Il baissa la voix, comme s'il révélait un secret.

– Et nous les avons entendues, Joe. On a entendu ces bêtes, Joff et moi.

– Pour de bon?

– Il faisait nuit noire. On était couchés dans la bruyère et on a entendu une respiration. « Qu'est-ce que c'est? » je dis. « Ferme-la », dit Joff. On n'entend plus rien, tout semble mort. J'ai l'impression que mon cœur va éclater. La bruyère s'agite et frissonne. Y a quelque chose dans l'obscurité, une créature plus noire que la nuit et qui bouge, qui rampe vers nous dans la bruyère. On voit briller deux yeux dans l'ombre. Joff sort son couteau, et lui aussi il brille. Joff siffle comme un serpent, il brandit son couteau en criant: « Fiche le camp! Fiche le camp! » Et la bête s'arrête. Elle s'immobilise d'un coup et nous regarde.

Puis elle se retourne, et nous la voyons s'éloigner comme l'ombre la plus noire.

– Une panthère ?

– J'étais petit, à l'époque, j'ai cru que c'était un diable. Mais nous en avons parlé depuis, et nous pensons que c'était sans doute une de ces panthères qui vivent dans le coin d'après ce que disent les gens.

– Ou un r-rêve.

– Pas un rêve. J'ai vu briller ses yeux. Et ses crocs. Je sais qu'elle m'aurait tué si Joff n'avait pas été là… Il faut que tu viennes, Joe. Si tu viens, tu l'entendras, peut-être même que tu la verras.

Joe plissa les yeux et vit les créatures ailées qui tournoyaient dans l'air. Il s'imagina en train de s'avancer dans la Forêt Argentée, de grimper vers les Rochers de l'Os Noir. Il sentait les broussailles sous ses pieds, il respirait le parfum des fleurs de la forêt. Sa mère disait qu'il vivait dans un rêve, et elle avait raison. Il était si dur de séparer ce qui existait dans sa tête de ce qui existait dans le monde. Il cligna des yeux, secoua la tête et revint à la réalité.

– On va la tuer, chuchota Stanny.

– Hein ?

– Si jamais elle se montre de nouveau, on la tuera. On coupera sa maudite tête et on la rapportera chez nous.

Joe le regarda fixement. Il savait qu'ils seraient capables de tuer. Stanny avait déjà dans sa chambre des crânes bouillis et blanchis : des crânes de moutons, de rats, de blaireaux. Ils étaient alignés sur le rebord de sa fenêtre.

– Pourquoi la t-tuer ?

Stanny fronça les sourcils, comme s'il réfléchissait.

– A quoi rime cette question ? s'exclama-t-il.

Il réfléchit encore, et finit par éclater de rire.

– Comment pourrions-nous lui couper sa tête, autrement ?

Ses yeux brillèrent, puis il pivota brusquement en serrant un couteau dans son poing. Des cris aigus s'élevèrent derrière eux, des cris de douleur. Mais ce n'était qu'un lapin attaqué par une belette. Le lapin était trois fois plus gros qu'elle mais il restait étendu sans résistance, en tressautant et en poussant des cris, et laissait la tueuse faire son œuvre. Bientôt, le silence retomba. Aussi luisante et souple qu'un serpent, la belette déchirait la chair, léchait le sang et tressaillait d'excitation. Peut-être perçut-elle l'odeur des garçons. Elle tourna sa tête et ses yeux sanglants, les fixa un bref instant et disparut en un éclair.

Stanny se mit à rire.

– Tu vois ? La nature telle qu'en elle-même, Joe. Froide et cruelle.

Joe s'agenouilla pour essayer de revoir la belette.

– Elle est rentrée dans son terrier, dit Stanny. Elle doit lécher sa fourrure, savourer de nouveau le goût du lapin et l'excitation qu'elle vient de vivre.

Il caressa la lame étincelante de son couteau.

– C'est ça, la vraie vie. Joff a raison, on est trop tendres par ici.

Chapitre 6

Ils passèrent le long de l'Étang Sanglant pour se rendre aux ruines de la Ferme du Manche à Balai. Stanny alluma un feu sur un antique foyer de la Cuisine de la Sorcière. Il explora à quatre pattes le sol couvert de mauvaises herbes, en coupant çà et là des touffes avec son couteau. Il remplit d'eau une casserole cabossée en la plongeant dans un ruisseau, puis la plaça sur les flammes. Après quoi il entreprit d'y jeter ce qu'il avait trouvé : du trèfle, des feuilles de pissenlit, des champignons. Il ouvrit des têtes de chardon et en retira les noix qu'il jeta également dans l'eau. La fumée tourbillonnait autour d'eux, la soupe bouillait en faisant des bulles.

– Voici le Ragoût de la Nature, déclara Stanny. Le monde est plein de nourriture pour ceux qui s'y connaissent. De l'eau de source et toutes sortes de choses où les ignorants ne voient que des mauvaises herbes.

Le feu mourut et la soupe cessa de bouillonner. Stanny enveloppa ses mains dans ses poignets de chemise et souleva la casserole pour la poser sur une pierre. Avec un large sourire, il montra à Joe quatre petits œufs tachetés.

– La surprise du chef, lança-t-il. Des œufs d'alouette. La touche finale.

Il les laissa tomber doucement dans la soupe, où ils sombrèrent avant de remonter lentement et de flotter à la surface.

– C'est prêt. Vas-y, Joe.

Il lui tendit une cuiller tordue.

– Tu es mon hôte. A toi l'honneur.

Joe fit la grimace. Stanny reprit la cuiller, la plongea dans la casserole, but une gorgée en fermant les yeux et se mit à mâcher les morceaux.

– Absolument succulent. Même si ce n'est pas à moi de le dire.

Il souleva un œuf avec ses doigts et le mit tout entier dans sa bouche, sans même ôter la coquille. Il le mastiqua, l'avala et fit mine de se lécher les babines.

– Miam-miam. Voilà ce que j'appelle survivre ! Mais imagine ce ragoût avec un ramier, ou une patte de lièvre.

Il planta soudain son couteau dans la terre en riant.

– Meurs, ramier !

Joe prit de nouveau la cuiller, la trempa dans la soupe, but une gorgée. Un goût aigre, bizarre. Comme de la vase sur sa langue.

– Délicieux, pas vrai ? dit Stanny. Allez, ressers-toi. Et cette fois, sers-toi largement, Joe.

Joe but une nouvelle gorgée. Un champignon amer sur le bout de sa langue. Il avala. Stanny sourit, s'empara

31

de la cuiller et but à son tour. Puis il souleva un œuf et le brandit devant la bouche de Joe.

– Allez, avale-moi ça. Avec la coquille et le reste. Miam-miam.

Stanny approcha la cuiller et Joe laissa l'œuf glisser entre ses dents. Il le garda un instant au fond de sa bouche puis mordit dedans. Un goût d'œuf mais plus salé, plus aigre. La coquille coupante et fragile. Il lécha les morceaux restés coincés dans les creux de sa bouche et entre ses dents.

– Arrose-moi ce festin ! s'exclama Stanny.

Et Joe but de nouveau une gorgée. Ensuite ils mangèrent encore chacun un œuf. Ils terminèrent ce qui restait de la soupe. Ils s'assirent contre le mur écroulé et regardèrent de l'autre côté de l'autoroute les Rochers de l'Os Noir.

Bientôt, Joe fut pris de convulsions. Son corps se tordit dans tous les sens. Au loin, minuscules, les alouettes criaient. Il ouvrit les yeux et vit qu'elles remplissaient le ciel. L'horizon en était assombri, c'était comme une nuée de taches noires et tremblantes qui se déchaînaient et chantaient dans l'immense espace bleu se déployant entre le village et le soleil. Au-dessus des rochers, les étranges bêtes ailées tournoyaient dans le ciel. Il referma les yeux, entendit une unique alouette chanter dans son cerveau, une rumeur frénétique et douce. Il sentit le goût de l'œuf sur sa langue, le tremblement de la vie qu'il abritait. Il se leva, s'accroupit et frappa doucement le sol avec ses pieds. Il se mit à tourner lentement sur lui-même.

Il laissa l'alouette chanter et voler. Il frappa doucement la terre. Il poussa des gémissements jusqu'à ce que les bruits dans son gosier deviennent de plus en plus doux, de plus en plus légers. Il étendit ses bras dans son dos. Il frappa doucement la terre avec ses pieds. Il chanta. Il trembla. Il sentit qu'il commençait à disparaître.

– Joe ! Joe ! Voyons, mon vieux !

Stanny se frotta les yeux et s'accroupit dans les ruines.

– Qu'est-ce que tu fiches, mon vieux Joe ? grogna-t-il. Tu es vraiment bizarre, par moments.

Joe hésita, interrompu au milieu de sa danse.

– Qu'est-ce que tu fiches ? répéta Stanny.

Joe se retourna vers lui. Qu'est-ce qu'il fichait, effectivement ? Il ne pouvait décrire avec des mots cet état qui s'emparait parfois de lui, quand son esprit prenait son essor au plus profond de son être et s'unissait au ciel et à la terre. Il n'avait pas de mots pour dire ces instants où son corps se mettait à trembler et à s'agiter tant son émotion était forte.

– P-pas grand chose, marmonna-t-il.

Il ferma les yeux, fit un tour sur lui-même, rouvrit les yeux. Il regarda à l'horizon la tente bleu pâle, si belle. Il entreprit de remonter la pente dans sa direction.

– Et tu peux me dire où tu vas ? demanda Stanny.

– P-pas loin, répondit-il en désignant du doigt le chapiteau. Je vais juste voir la tente, Stanny.

Stanny serra les poings.

– La tente ! Pour quoi faire ?

Joe chercha en vain des mots pour expliquer qu'elle l'attirait irrésistiblement.

– Tu es désespérant, par moments, dit Stanny. Il est sacrément temps que tu t'endurcisses un peu, Joe.

Joe se détourna et s'éloigna.

– Demain matin à cinq heures ! lui rappela Stanny. N'oublie pas ! Il faut vraiment que Joff te prenne en main.

Chapitre 7

Il grimpa vers le village, avec les alouettes au-dessus de sa tête et la brise caressant son visage. Les toits de Helmouth apparurent. La muraille circulaire de la tente prenait de plus en plus de place dans le ciel. Il entendait craquer les cordes grosses comme des bras.

C'était de ce côté qu'étaient garées les caravanes et les remorques des gens du cirque. Il s'aperçut en les voyant de plus près qu'elles étaient d'un âge vénérable : les châssis étaient tordus, les pneus usés, le chrome craquelé.

Installé à la fenêtre d'une caravane, la tête appuyée sur sa main, un vieil homme scrutait le ciel. En voyant Joe passer, il éclata de rire, tapa sur la vitre et y colla son visage d'un air joyeux.

– Tomasso ! appela-t-il. Tomasso ! Tomasso ! C'est toi, n'est-ce pas ? C'est bien toi ?

Joe pressa le pas et secoua énergiquement la tête.

– Non, lança-t-il. Non. J-je m'appelle Joe !

Il se mordit les lèvres tant il était déconcerté.

– Tomasso ! cria l'homme de plus belle. Tomasso ! Tomasso ! Tomasso…

Il se tut enfin et recommença à regarder le ciel.

Des enfants à moitié nus décampèrent à la vue de Joe. Deux petits chiens gris en robe rose marchèrent quelques instants sur leurs pattes de derrière à côté de lui. Il fit le tour de la tente et se dirigea vers les panneaux d'affichage, une billetterie biscornue et la porte de toile du chapiteau. Un clown au visage blanc s'entraînait à jongler avec des bâtons, des pierres et des détritus qu'il ramassait par terre. Puis Joe l'aperçut : la fille qui l'avait regardé au seuil de la tente. Elle était assise sur un petit tabouret et maquillait une poignée d'enfants du village massés autour d'elle. Les mères observaient la scène en souriant. Les petits étaient métamorphosés en animaux : souris, chats, chiens, lions, tigres, ours. La fille peignait sur leur visage avec des pinceaux fins puis leur tendait des miroirs afin qu'ils puissent voir leurs nouveaux visages. Les enfants dressaient leurs mains comme des pattes griffues et poussaient des grognements. Ils arpentaient le terrain vague à quatre pattes en levant la tête pour humer l'air. Ils bondissaient sur des proies imaginaires. Après les avoir tuées, ils se léchaient les pattes. Ils pouffaient de rire sous les yeux de leurs mères radieuses. L'un d'eux appela Joe par son vrai nom : « Joe ! Joe ! Regarde-moi, Joe ! » La fille se tourna alors vers lui en souriant, brandit son pinceau et demanda :

– Alors, tu veux être quoi, Joe ?

Il rougit et passa son chemin. Arrivé devant le plus grand des panneaux d'affichage, il s'immobilisa. Les planches du panneau étaient fendillées et la fresque qui le recouvrait s'écaillait. Elle représentait des animaux dans des poses raides et maladroites, comme s'ils avaient été peints par des enfants. Des lions, des tigres, des éléphants et des zèbres vagabondaient de concert dans une forêt de chênes et de sycomores. On aurait dit un bois anglais, où des moineaux voletaient au milieu de jonquilles. Dans une clairière, des gens se tenaient par la main et dansaient une ronde. Sur une petite colline, on apercevait la tente d'un bleu éclatant du Cirque Hackenschmidt. La toile bleue du chapiteau réel était au contraire tachée, élimée et décolorée. Un autre panneau d'affichage, appuyé contre la paroi de la tente, arborait une photographie aussi vieille que floue montrant un homme colossal qui brandissait son poing pour mettre en valeur les muscles de ses bras et la largeur de sa poitrine.

GEORGE HACKENSCHMIDT
LE LION DE RUSSIE
CHAMPION DU MONDE DE LUTTE
Faites-lui mordre LA POUSSIÈRE
et vous ferez VOTRE FORTUNE !

– Le plus grand lutteur que le monde ait jamais connu.

Joe se retourna et la découvrit devant lui.

– C'était vrai, dit-elle. George Hackenschmidt était le Lion de Russie, le Champion du Monde. Et il monte encore chaque soir sur scène. Ça ne te paraît pas incroyable ?

– Non.

37

Il regarda la photographie et se corrigea :

– Si.

– Si ? Tu n'oserais pas lui dire en face une chose pareille !

Elle continua en souriant :

– Je t'ai vu passer ce matin avec ton ami. Tu t'appelles Joe.

– Oui.

– Moi, c'est Corinna. Corinna Finch. Et voici le propriétaire de notre cirque, M. Hackenschmidt. Eh bien, je crois que la glace est rompue, maintenant.

Il l'observa en silence. Son visage était ovale, pâle et lisse, et constellé de taches de rousseur. Ses yeux bleus brillaient comme un ciel limpide. Elle portait encore son imperméable crasseux, serré à la taille, ainsi que des collants noirs et des ballerines argentées.

– Tu aimerais jeter un coup d'œil à l'intérieur ? demanda-t-elle.

Joe écarquilla les yeux.

– J-je peux ?

Elle éclata de rire et écarta la lourde porte de toile.

– Entre, dit-elle. N'aie pas peur, tu ne vas pas te faire manger.

Joe regarda derrière lui les enfants maquillés, les chiens danseurs, les toits du village paraissant si sombres à la lumière du soleil. Puis il se dirigea vers elle et s'avança sous le tissu bleu qui glissa doucement au-dessus de sa tête. Corinna le suivit et laissa retomber derrière eux la porte de toile.

Chapitre 8

Un silence de mort, ou presque. Une paix profonde. Rien que les parois de la tente bougeant légèrement sous la brise. Rien que le bourdonnement assourdi de la ville, au-delà du village, dont ils semblaient séparés par des milliers de kilomètres. Quel calme, dans la pénombre bleue. Joe respira profondément. L'odeur d'herbe et de terre en train de sécher, le parfum de la toile si vieille, immémoriale.

– C'est joli, n'est-ce pas ? dit-elle.

Il hocha la tête.

– Vraiment joli.

Tout en haut, au sommet de la tente, on apercevait les vestiges pâlis par le temps d'un soleil d'or, d'une lune argentée et d'étoiles presque effacées. Ils dominaient le trapèze, les fils suspendus dans les hauteurs et les plates-formes minuscules sous lesquels était déployé le filet. Une échelle descendait du poteau central.

Ils s'avancèrent sous le chapiteau, passèrent par-dessus une barrière de bois et arrivèrent sur la piste circulaire recouverte de paille et de sciure. Les gradins de bois s'étageaient autour d'eux. Baignés dans la lumière bleue, ils brillaient doucement.

– Je m'entraîne ici, dit-elle. Depuis toujours.

Elle renversa la tête en arrière et regarda vers le haut.

– Mais je ne suis pas très bonne. Les autres non plus, d'ailleurs. Hackenschmidt dit que c'est parce que nous avons perdu le feu sacré et que nous approchons de notre fin.

Elle se tourna vers lui.

– Tu nous as entendus, la nuit de notre arrivée ?

– Oui.

Elle scruta son visage.

– Continue, dit-elle.

– J'ai r-rêvé de vous.

– Quelle sorte de rêve ?

Il soupira. Il crut sentir le souffle, la fourrure. Il regarda autour de lui, mais il n'y avait rien.

– Raconte-moi, insista-t-elle.

– Un tigre est venu.

Elle éclata soudain de rire et se détourna, comme si ce qu'il disait n'avait pas de sens, puis elle le fixa de nouveau.

– Nous ne savions pas pourquoi nous venions ici, déclara-t-elle. Mais c'est peut-être toi l'explication, Joe.

Le garçon cligna des yeux, déconcerté. Il ne savait comment réagir à ses paroles.

– Je pourrais me balancer pour toi, dit Corinna.

– Hein ?

– Je pourrais monter en haut pour toi et te montrer une partie de mon numéro.

Ils levèrent tous deux les yeux vers le trapèze.

– Évidemment, je n'ai pas de partenaire. C'est toujours comme ça, en ce moment. Il faut que je me débrouille seule, Joe. Mais je pourrais me balancer, m'élancer et faire un saut périlleux avant de retomber dans le filet. Histoire de te donner une idée. Alors ?

– Je sais pas. Si tu veux.

– Je sais pas. Si tu veux. Tu n'es guère bavard, n'est-ce pas ?

Joe haussa les épaules et baissa les yeux.

– Les mots sont tellement… marmonna-t-il.

– Tellement ?

– D-difficiles. Ils s-s'embrouillent tous, ils se d-déf…

– Déforment ?

Il releva la tête et la regarda.

– Oui, dit-il. C'est ça.

Elle sourit.

– On s'en fiche, assura-t-elle. Il y a plus puissant que les mots.

Ses yeux se voilèrent et elle dessina sur le sable du bout de ses ballerines argentées. La brise faisait claquer la toile de la tente, l'énorme poteau central craquait et gémissait.

– Lors de mes débuts, jadis, quand j'étais encore une petite fille, j'avais comme partenaire un homme très fort. Lobsang Page. Il est à Las Vegas, maintenant. Tout était tellement différent, dans le temps…

Elle jeta un regard circulaire sur la piste.

– A l'époque, des hommes entraient en courant avec des morceaux de cage qu'ils mettaient bout à bout tout autour de la piste, de sorte qu'elle devenait elle-même comme une cage immense.

Elle écarta les bras pour donner une idée des dimensions.

– Ensuite, ils installaient une cage étroite et basse communiquant avec l'extérieur de la tente. C'était par là qu'entraient les lions, les tigres et les léopards. Ils grondaient, ils feulaient, ils griffaient l'air, et la piste s'emplissait d'une atmosphère sauvage. Les bêtes nous aimaient, cependant. Les dompteurs leur parlaient tout bas dans l'oreille et elles faisaient leurs numéros par amour.

Elle regarda Joe.

– Tu me crois ?

Joe cligna des yeux et vit les fauves rugissants. Il vit les dompteurs vêtus de costumes étincelants, esquissant des pas de danse en tenant des fouets et des chaises.

– Oui.

– Et puis mon grand-père s'est fait arracher un bras. Ici même, à l'endroit où nous sommes maintenant.

– P-par qui ?

– Un tigre. C'est peut-être alors que les choses ont commencé à changer. Lorsque les animaux n'ont plus été aussi proches de nous. Plus rien n'a été comme avant.

Elle leva les yeux vers le trapèze.

– Il n'y a plus de t-tigres ? demanda Joe.

Elle se tourna vers lui en plissant les yeux.

– A quoi penses-tu, Joe ?

– Je peux pas... le dire.

Il regarda en lui-même, songea à la nuit passée.

– Je pense qu'il y en a.

Elle secoua la tête.

– Non. Il n'y a plus de tigres, Joe.

Elle enleva son imperméable et apparut vêtue d'un costume à paillettes. Avec agilité, elle grimpa l'échelle de corde qui descendait du poteau central. Elle passa à travers le filet déployé au-dessus de la piste, atteignit une des plates-formes minuscules. Elle détacha un trapèze et le fit osciller d'avant en arrière sous les étoiles, le soleil et la lune à moitié effacés. Puis elle s'élança, les bras tendus, et attrapa fermement le trapèze. Elle se balança à l'aide de ses bras et de ses genoux et évolua gracieusement dans la pénombre bleutée. Les paillettes de son habit scintillaient, son visage était radieux. Elle bondit soudain, culbuta dans le vide et sembla un instant comme suspendue dans l'air par une main invisible, comme si elle avait pu rester ainsi aussi longtemps qu'elle le voudrait. Puis elle fit un saut périlleux et tomba dans le filet.

Elle y resta étendue, immobile, avant de s'élancer par-dessus le filet et de revenir sur terre.

Les yeux de Joe brillaient.

– C'était magnifique, dit-il.

– Hélas, non. Ma mère, elle, était vraiment douée. Et sa mère...

– Ta m-mère ? Où est-elle maintenant ?

Corinna recommença à dessiner dans la sciure du bout des pieds.

– En Russie.

– En R-Russie ?

– Elle entraîne des enfants qui veulent faire du cirque.

– Elle t'a entraînée ?

– Il aurait fallu qu'elle reste plus longtemps pour m'entraîner correctement. Elle n'aurait pas dû partir chez ces maudits Russes.

Elle enfila de nouveau son imperméable.

– Que veux-tu voir d'autre ? demanda-t-elle.

– S-sais pas.

Il la regarda d'un air concentré, en essayant de poser sa question sans s'embrouiller avec sa langue.

– Où t-t'ai-je vue auparavant, Corinna ?

Elle secoua la tête.

– Nulle part.

– Quand je t'ai vue ce matin… j'étais sûr…

Elle le laissa patiemment former ses mots.

– Sûr de t-t'avoir déjà vue.

– Je sais.

– Donc c'est vrai ?

– Bien sûr que non. C'est la première fois que je mets les pieds à Helmouth, et toi, tu n'as jamais bougé d'ici.

La tête baissée, elle continua de dessiner dans la sciure.

– Mais j'ai eu la même impression que toi.

Elle le regarda du coin de l'œil.

– Tu ne sais pas ce que ça signifie, n'est-ce pas ?

– N...

– Quand on reconnaît quelqu'un qu'on n'a jamais vu auparavant, c'est parfois le signe qu'on l'a rencontré dans une autre vie.

Joe aspira l'air poussiéreux et regarda ses mains. Sa chair semblait briller d'un éclat bleu.

Corinna éclata de rire.

– Peut-être avons-nous été des tigres, tous les deux. Ou des éléphants. Peut-être faisions-nous ensemble un numéro de cirque, il y a très longtemps, quand tout commençait... Qui sait si nous n'étions pas partenaires, Joe ? Les plus grands trapézistes que le monde ait jamais connus. Autrefois, il y a une éternité. Tu trouves cette idée absurde ?

Dans sa tête, Joe s'élança dans le vide, les bras tendus. Il regarda Corinna dans les yeux, ces yeux qu'il était sûr d'avoir déjà vus.

– Non, dit-il. Pas ab-abs...

– Notre opinion sur la question n'a aucune importance. S'il est vrai que nous nous sommes déjà rencontrés, cela signifie que nous avons des choses à faire ensemble dans cette vie aussi. Nous n'y pouvons absolument rien.

Elle se mit à pouffer en voyant un des chiens gris en robe rose se glisser prestement sous la tente et se diriger vers eux en se dandinant sur ses pattes arrière. Elle le prit dans ses bras et sourit.

– Peut-être étions-nous de jolis petits chiens danseurs, comme toi.

Son visage s'assombrit.

– Je pourrais être excellente, tu sais. Aussi bonne que ma maman.

– Je sais.

– Elle était si rapide, si légère. On dit qu'elle bougeait si vite, quand elle tournoyait à travers le chapiteau, qu'elle semblait disparaître.

Elle regarda Joe de nouveau, comme si elle le mettait au défi de ne pas la croire.

– A certains moments de son numéro, Joe, elle devenait littéralement invisible.

Elle lui sourit et tourna vers lui le petit chien qui se mit à japper en montrant les dents.

– Je te présente Joe, dit-elle. Il est gentil. Il a l'air petit, fragile et timide, les mots ont du mal à se détacher de sa langue, mais en fait je crois qu'il est fort et courageux.

Le chien jappa et Joe rougit de nouveau.

– Je crois que nous avons mis dans le mille, mon toutou, déclara Corinna.

Elle se dirigea vers la porte, et Joe la suivit. Quand elle écarta la toile, la clarté du jour les illumina.

– Qui s-s'occupe de toi ? demanda Joe.

– De moi ?

– Si ta maman est partie…

– Il y a les gens du cirque. Wilfred et Charley Caruso et Nanty Solo et… Ils sont tous gentils avec moi. Sans oublier Hackenschmidt, évidemment.

Le regard de Joe erra sur les terrains vagues, en direction des Rochers de l'Os Noir. Il voulait les montrer du doigt à Corinna et lui demander ce qu'elle voyait à cet endroit.

– Vas-y, dit-elle. Tu ne resteras pas longtemps absent. Si tu es celui que nous croyons, tu seras bientôt de retour.

Chapitre 9

Dehors, les petits grimés en animaux continuaient de jouer. Des enfants riaient, des chiens jappaient, des clowns dansaient. Un cochon dodu à souhait reniflait l'herbe.

— Tomasso ! appela une voix qui semblait très lointaine. Tomasso ! Tomasso !

Joe se dirigea vers le village.

— Maloney ! glapit un homme. Joseph Maloney !

Bleak Winters, le professeur de lettres de Joe. Il était suivi d'un essaim de gamins d'une dizaine d'années.

— M. Maloney ! Quel plaisir de vous revoir…

Joe resta immobile, les yeux baissés.

— Cela fait si longtemps ! claironna le professeur. Je croyais que nos chemins ne se croiseraient plus jamais !

Il s'avança vers Joe à grandes enjambées, le bras tendu comme pour lui serrer la main. Plusieurs enfants lui emboîtèrent le pas en se poussant du coude et en gloussant, comme la plupart de ceux qui l'entouraient. D'autres restèrent en arrière, excédés par sa voix de trompette et ses grands airs. Winters s'empara de la main de Joe.

– Permettez-moi de vous présenter notre cher M. Maloney, leur lança-t-il. Et vous, M. Maloney, permettez-moi de vous présenter quelques-uns de vos condisciples de Hangar's High. Mais ce nom ne vous rappelle peut-être rien. Hangar's High, un établissement scolaire des plus respectables. Votre école, M. Maloney. Oui, votre école !

Il se tourna vers les autres et baissa la voix.

– Il se pourrait que vous n'ayez jamais rencontré notre cher Joseph Maloney, car il est du genre insaisissable. Quand il s'agit de se volatiliser, c'est un vrai génie.

Ils portaient des banderoles imprimées à l'ordinateur :

A BAS LE CIRQUE
CIRQUE = CRUAUTÉ
LIBÉREZ LES ANIMAUX
ALLEZ PLANTER VOTRE CHAPITEAU
AILLEURS

– Joignez-vous à nous, M. Maloney. Ceci constitue notre cours du jour : un mixte de philosophie, d'histoire et d'action politique. De quel droit utilisons-nous des animaux pour nous divertir ?

Il passa son bras autour de l'épaule de Joe.

– Rejoignez-nous, Joe. Ceux qui ne sont pas avec nous sont contre nous.

Il renifla d'un air furibond.

– A moins que vous n'ayez déjà été engagé comme dompteur de tigres ?

– Il n'y a pas de t-tigres, dit Joe.

Winters sursauta et leva un doigt impérieux.

– Écoutons les paroles d'un expert ! Soyons attentifs au témoignage d'un homme qui revient du charnier !

– Il n'y a pas de t-tigres ! répéta Joe. Il n'y a pas d'animaux s-sauvages ! Ce temps-là est fini.

Il réussit à échapper au bras de Winters.

– Ce n'est pas la question, intervint Francesca Placido, une fille maigre coiffée d'un chapeau tibétain. Et les chiens ? Et les cochons ? Il ne s'agit pas seulement des tigres, c'est le monde animal tout entier qui doit nous préoccuper.

– Bien dit, Francesca, approuva Winters. M. Maloney ?

Joe sentit l'alouette chanter au fond de lui, et le tigre rôder en lui. Il regarda le professeur et comprit que Bleak Winters n'était jamais rien d'autre que Bleak Winters. Il regarda les enfants. Il sut qu'ils abritaient peut-être en eux des alouettes et des tigres, comme lui, mais qu'ils les cachaient et qu'un jour sans doute leurs alouettes et leurs tigres disparaîtraient comme avaient disparu ceux de Bleak Winters. Il aurait voulu le leur dire, il aurait voulu les entraîner loin de Winters, jusqu'au chapiteau et aux terrains vagues, mais les mots lui faisaient défaut.

Il se voûta, reprit son chemin.

– Retournez en classe ! aboya Winters. Retournez en classe ou vous resterez à jamais prisonnier de votre propre sottise !

Joe écoutait ses alouettes.

– Tomasso ! Tomasso ! Tomasso ! appela la voix du vieillard en s'affaiblissant au point de devenir presque inaudible.

Chapitre 10

La bande de Cody avait disparu. Joe marcha jusqu'à la Tranchée. Il explora le sol à quatre pattes : des décombres, des détritus, des empreintes de chats, de chiens, de souliers. Il effleura du doigt la boue séchée. Pas d'empreintes de tigre. Il huma l'air. Pas d'odeur de tigre. Revenant sur ses pas, il contourna le village, escalada des tas de terre, se fraya un chemin dans de vieilles maisons en ruines, traversa les emplacements où étaient censés s'édifier piscines, supermarchés et parkings. Il fit le tour du chapiteau en évitant Bleak et sa petite cour. Aperçut de loin Stanny en train de s'affairer dans les ruines de la Ferme du Manche à Balai, au milieu d'un nuage de fumée. Imagina son passé de tigre ou de trapéziste. Regarda la Forêt Argentée, les Collines d'Or, les Rochers de l'Os Noir.

Tout en marchant, il entendait l'appel affaibli du vieillard : « Tomasso ! Tomasso ! » Il traversa les décombres d'un ancien lotissement et arriva à la Chapelle Bénie. Des fragments de pierres tombales étaient à moitié enfouis dans le terrain qui l'entourait. Des bribes de mots étaient inscrites sur les murs. Rongés par le vent et la pluie, des restes de prières antiques et mystérieuses étaient encore lisibles :

Dieu... Béni sois-tu... ton royaume...

A la Mémoire Bien-Aimée de...

Il s'agenouilla dans la crasse et murmura les mots que des générations d'enfants s'étaient transmis.

– Esprits de la terre et de l'air, écoutez mes mots en ce jour.

Il cracha sur ses mains et les essuya lentement sur le nom de Dieu.

– Protégez ma maman en ce jour.

Il respira profondément.

– Puisse son cœur se reposer et sa vie s'alléger. Puisse-t-elle être affranchie de tout mal et de toute atteinte.

Il sortit de sa poche une pièce de cinq pence et la glissa dans une fente étroite entre les pierres. Elle tomba en tintant dans l'espace qui s'étendait dessous.

Les yeux fermés, il chercha les mots pour une autre prière.

– Protégez les alouettes. Protégez les tigres.

De nouveau, il toucha le nom de Dieu.

– Nos hommes, murmura-t-il. Nos hommes, nos hommes.

Il resta dans la Chapelle Bénie, allongé sur l'herbe épaisse et douce qui avait poussé sur les décombres. Hors de vue de Helmouth. Il regarda le soleil glissant doucement dans le ciel, le sommet du chapiteau bleu oscillant sous le vent. La brise légère coulait sur son corps. Il se pelotonna et s'endormit sur les fragments estompés de vieilles prières. Dans son rêve, il traversait l'autoroute avec sa maman et arpentait la Forêt Argentée que survolait une nuée d'alouettes. Ils étaient observés par des cerfs tapis dans l'ombre tachetée de lumière, par des hiboux perchés sur des branches basses, par des lapins postés devant l'entrée obscure de leur terrier. Elle le tenait par la main et ils se dirigeaient en gambadant vers les Rochers de l'Os Noir. Leurs rires résonnaient sous les arbres. Puis sa mère était remplacée par une autre personne, qui marchait près de lui d'un pas léger. Il allait se tourner vers elle, la voir...

Il se réveilla. Des élèves de Hangar's High étaient tout près. Plusieurs garçons étaient occupés à taper dans un ballon de football et à se battre. Quelques couples avançaient la main dans la main. Certains lui jetèrent un coup d'œil puis se détournèrent. Il aperçut des visages qui avaient presque été ceux d'amis, il y avait si longtemps. Un groupe d'enfants s'approcha. Ils avaient son âge, appartenaient à sa classe. Il s'accroupit dans la chapelle et baissa la tête en concentrant sa pensée sur son désir de les faire partir.

– Encore seul, Maloney ?

Une voix de fille qui riait, moqueuse. Des garçons

se joignirent à elle.

– Encore seul, Maloney ?

Il s'aplatit sans bouger, comme le lapin capturé par la belette.

Une pierre rebondit dans la chapelle, effleura sa cheville.

Puis une autre, accompagnée par un concert de rires.

– Puissent-ils être engloutis, marmonna-t-il à l'adresse de la terre. Puissent-ils être consumés par le feu.

– Maloney l'Unique, lalalalalaaaa !

Deux garçons s'approchèrent comme des tigres avançant dans l'herbe pour se jeter sur leur proie.

– Où est-ce que t'étais aujourd'hui, Maloney ? glapirent-ils.

– Dévore-les, brûle-les, disperse-les d'un souffle ! chuchota-t-il.

Il toucha le nom de Dieu. Rien ne leur arriva. Ils étaient tout près, de plus en plus près. Il serra les poings.

– Qu'est-ce que vous fabriquez, sales gamins ?

Une autre voix résonna à travers les ruines.

– Qu'est-ce que vous lui faites ?

Les deux fauves levèrent la tête, explorèrent l'horizon. Ils se relevèrent et entreprirent de battre en retraite pour rejoindre leur bande.

Joff était dressé sur un tas de pierres.

Ils détalèrent à sa vue comme des crabes, comme des scarabées. Ils se retournaient dans sa direction en grommelant, mais ils décampaient. Il s'avança vers Joe, s'immobilisa près de la Chapelle Bénie. Il essuya son visage avec sa main en le regardant et secoua la tête.

– Alors, mon gars, dit-il.

Joe leva les yeux.

– Écoute-moi !

– V…

– Il faut que tu t'endurcisses, mon gars.

Joff caressa le serpent tatoué sur sa gorge. Il se mordit les lèvres avec ses dents en or. Il fit signe à Joe de sortir de la chapelle.

– T'as envie de rester comme tu es, mon gars ?

– N-non.

– Un père n'accepterait pas que tu te comportes comme ça.

Joe baissa la tête.

– S'il voyait que tu te caches dans un trou, que t'as peur de ton ombre ! Il ferait en sorte que ça change.

Il prit Joe par le bras et le força à s'extraire des ruines.

– T'as besoin d'un homme, mon gars. Tu comprends ?

Joe vit les écailles de serpents tatouées sur ses mains.

– Et ta mère aussi a besoin d'un homme, dit Joff. Tu comprends ?

– V…

Joe se mordit les lèvres. Joff l'obligea à relever la tête.

Il tint le menton de Joe dans sa main et lança :

– Ton copain dit que tu veux partir en expédition

avec nous. Apprendre à survivre. C'est vrai ?

– Ou-oui, répondit-il.

Mais sa voix intérieure disait : « Non. »

– Ça te formerait le caractère. T'as vu comme Stanny Taupe a changé à mon contact ?

– Ou-oui.

– Bon. Je suis pas un professeur de tout repos, mon gars. Avec moi, tu courras des dangers plus que sérieux. Mais quand ils reviennent, les gamins qui m'ont suivi savent comment survivre.

Il caressa la joue de Joe.

– Je vais faire de toi un homme nouveau.

Joe regarda Joff s'éloigner à grands pas, dépasser le chapiteau comme s'il n'existait pas, disparaître en bas de la pente. Il ramassa de la terre et la lécha.

– Esprits de la terre, murmura-t-il.

Il frappa de sa main le nom de Dieu.

– Donnez à Joe Maloney la force dont il a besoin aujourd'hui. Nos hommes. Nos hommes.

Il s'agenouilla dans la Chapelle Bénie. Il ferma les yeux. Les images de sa vie à Helmouth tourbillonnèrent dans sa tête. Puis il revit le tigre. La bête le fixait du fond des ténèbres, comme si elle l'attendait.

Chapitre II

Quand il s'en alla, un rat traversa la Chapelle Bénie ventre à terre, sans faire attention à lui.

Une alouette se posa sur une pierre tombale, à quelques pas de lui, et redressa un instant sa tête huppée avant de s'envoler. Elle plana au-dessus de lui en chantant, puis s'éleva plus haut encore et resta de nouveau suspendue en plein ciel pour chanter. Elle monta ensuite comme une flèche, disparut dans les hauteurs, et il ne resta plus que son chant si doux, si passionné, loin, tellement loin de la terre. Il pensa à la mère de Corinna tournoyant dans la lumière bleue, si rapide qu'elle en devenait invisible. Où allait-elle, durant ces instants ?

Il s'avança au milieu des tombes.

Il passa devant la bande de Cody en se dirigeant vers la Tranchée, mais ils s'aperçurent à peine de sa présence. Leurs yeux étaient aveuglés par la haine et ils hurlaient en direction du chapiteau.

– Sales bohémiens ! Ordures ! Retournez là d'où vous venez !

Ils piétinaient le sol en avançant le menton d'un air belliqueux et en brandissant les poings.

Derrière eux, deux petites filles assises au bord du trottoir tenaient en l'air des poupées, comme si elles étaient en train de voler.

– Regarde, Joe. Des fées ! dirent-elles en riant.

Il s'arrêta.

– Regarde-les voler !

Il rit avec elles.

– Ça alors ! dit-il.

Il s'accroupit et vit comme de banales poupées étaient transfigurées par une vision d'enfant.

– Ça alors !

Il poursuivit son chemin. Sa maman devait être rentrée de la Taverne du Buveur, maintenant, après avoir achevé son service de l'après-midi. Il poussa la grille cassée, s'engagea sur l'allée longeant la maison et ouvrit la porte de derrière pour se glisser dans la cuisine. Il se coupa une tranche de pain et entreprit de la beurrer.

– C'est toi, Joe ?

– Oui.

Elle apparut dans l'encadrement de la porte reliant le vestibule à la cuisine.

– L'énergumène est venu, Joe.

– Ah oui ?

– Ah oui.

Ils baissèrent tous deux la tête et soupirèrent.

– Oh, Joe, dit-elle. Qu'est-ce qu'on va faire de toi ?

Il haussa les épaules, soupira de nouveau.

– Il a dit que si tu continuais à manquer la classe, il entamerait des poursuites judiciaires.

Il jeta un coup d'œil par la fenêtre sur la tente d'un bleu pâle, plus pâle que le ciel qui s'assombrissait.

– Il a dit que s'il entamait des poursuites, je serais condamnée à payer des amendes.

Il mâcha son pain en la regardant fixement.

– Il a dit que si malgré les amendes tu continuais à manquer la classe, on pourrait même finir par t'emmener ailleurs.

Elle le regarda.

– Tu comprends, Joe ?

Il hocha la tête.

– C'est ce que tu veux ?

– Non, maman.

– Joe, il faut absolument que tu ailles à l'école.

– Oui, maman.

Il s'avança vers elle et elle le serra contre elle en chuchotant son nom. Cette histoire durait depuis si longtemps. Des psychiatres avaient fureté dans son cerveau. Des assistantes sociales avaient fureté dans sa maison. Des professeurs avaient essayé avec lui la gentillesse, la sévérité ou la colère. L'énergumène l'avait traqué en tous sens sur les terrains vagues. Des gendarmes étaient venus. Il avait résisté à toutes les pressions. Entre les sortilèges des terrains vagues et les murs de l'école, le choix n'était pas difficile. A l'école, Joe ne savait pas ce qu'il était censé savoir. Il ne pensait pas ce qu'il était censé penser. Il avait choisi la vie sauvage, les alouettes et les rats, les lapins et les belettes. Et il avait accepté la solitude inséparable de ce choix. Il avait accepté les tourments de la peur et de la honte.

Sa maman sortit d'un placard un gros pot de confiture de framboise et le posa sur le meuble de cuisine.

– Mets-en sur ta tartine.

Il ouvrit le couvercle, plongea son couteau dans le pot et étala de la confiture sur le pain beurré.

Elle secoua la tête d'un air triste.

– Ce n'est pas facile. Nous avons besoin d'un nouveau départ, Joe. Mais comment faire ? Comment pouvons-nous changer les choses ?

– S-sais pas, maman.

– Il y a des gens qui disent qu'il te faudrait un homme à la maison. Tu crois que c'est vrai, mon garçon ?

Il en eut le souffle coupé.

– Pas… Joff ! proféra-t-il.

– Non, mon amour. Pas Joff, jamais.

Elle regarda en direction de Helmouth tandis que Joe rêvait de nouveau aux mâchoires du tigre se refermant sur Joff.

– Peut-être devrions-nous partir, dit-elle en riant. C'est une riche idée, pas vrai ? Dire adieu à Helmouth. Ils ne sont pas nombreux à pouvoir se vanter de l'avoir fait…

Elle lécha ses doigts et lissa les cheveux de Joe.

– Tu as l'air de sortir du beau milieu d'une haie. Qu'est-ce que tu as encore fabriqué dehors, dis-moi ?

– J'ai marché. J'ai regardé le cirque. Je me suis fait une a-amie.

– Une amie ?

– Elle s'appelle Corinna.

– C'est magnifique, Joe. Elle appartient à la troupe ?

– Oui, elle fait du trap…

– Du trapèze ! Quelle merveille, mon garçon !

Elle se mit à rire.

– Je t'imagine tellement bien dans un cirque. Avec les tigres et…

– Il n'y a pas de tigres.

– Non ?

– Non. Ils n'en ont plus un seul.

– Mais c'est quand même merveilleux, pas vrai ?

– Oui.

Elle le tint à bout de bras et déclara :

– Quel drôle de type tu fais, monsieur Joseph Maloney. Tu as toujours été comme ça. Tu dois avoir quelque chose dans le sang ou ailleurs qui te rend différent. Mais tu sais ce que je pense ?

– Non.

– Je pense que tu es quelqu'un de pas ordinaire, Joe. Je suis sûre qu'un de ces jours tu vas tous nous étonner.

Elle éclata de rire.

– Mais peut-être suis-je aveuglée par l'amour maternel.

Chapitre 12

Assis dans sa chambre, il regarda le jour s'assombrir. Bientôt, sa mère sortirait de nouveau pour faire son service du soir dans cette horrible Taverne du Buveur. Il sentait l'odeur du repas qu'elle préparait pour lui. Un drôle de type. Tu as toujours été différent. Elle lui avait répété ces mots tout au long de sa courte vie. Elle disait toujours qu'il était si beau à sa naissance. Elle racontait que la nuit où il était né, le ciel était rempli d'étoiles filantes, comme si l'univers fêtait l'événement. Elle racontait que la sage-femme lui avait dit qu'il était le plus joli petit gars qu'elle ait jamais mis au monde. Et elle affirmait qu'avoir un œil vert et un autre marron était le signe d'une chance exceptionnelle. Peu importait d'avoir un cerveau énorme ou un tas de muscles. Peu importait que son papa n'ait été qu'un garçon sans cervelle qui dansait la valse dans une foire. Ce qui comptait, c'était la douceur de Joe, sa bravoure, son cœur plein de bonté et de joie. L'important, c'était qu'elle aimait Joe et que Joe l'aimait. Et toute sa vie il avait été comblé de caresses, de mots doux et de rires. Mais c'était si dur pour elle. Une jeune mère, un fils à problèmes, peu d'argent, une maison à Helmouth, ce trou perdu en marge du monde. Joe savait qu'elle avait besoin qu'il grandisse, qu'il change, mais il ne savait comment s'y prendre et l'idée de la faire souffrir le déchirait, le mettait hors de lui. Et il était hors de lui quand les journées se terminaient par des larmes, quand ils pleuraient ensemble tandis que le soir tombait sur Helmouth et que la lumière semblait à jamais inaccessible.

Il lécha la confiture sur ses lèvres et tendit l'oreille. Dans les rues, des gens marchaient en direction du chapiteau. Il entendait des pas, des voix excitées, les rires et les cris aigus des petits enfants. Bientôt, les trompettes et les tambours retentirent dans le crépuscule. Il y eut des applaudissements, des rires, des exclamations agitées et joyeuses. Il imagina Corinna en train de tournoyer si vite qu'elle disparaissait. Il entendit un grondement animal, mais si profond qu'il semblait sortir du fond d'une caverne obscure plutôt que de la gueule d'un être vivant. Immobile sur son lit, il écouta. Rien. Il regarda par la fenêtre. Rien. Une illusion. D'ailleurs, il n'y avait pas de tigres, pas de bêtes sauvages, rien que des chiens danseurs et des cochons dodus.

Il imagina Joff et Stanny en train de se préparer pour le lendemain, d'empaqueter leurs couteaux et leurs hachettes. Il croyait entendre leurs chuchotements excités tandis qu'ils discutaient des lieux reculés où ils se rendraient, de ce qu'ils prendraient, de ce qu'ils tueraient. Peut-être parlaient-ils de lui, de ce qu'ils allaient entreprendre pour faire de lui un homme. Il imagina Joff en train de se lécher les lèvres en parlant du joli morceau qu'était sa mère. Il frissonna.

– Joe ! appela-t-elle en bas de l'escalier. Joe ! Le dîner est prêt.

Il descendit la rejoindre, s'assit à la table de la cuisine. Ils mangèrent des saucisses, des pommes de terre et des petits pois, en souriant et en soupirant tant le repas était exquis.

– Un d-délice ! déclara Joe.

– Un délice comme il y en a peu !

Il versa une mare luisante de ketchup sur son assiette et y trempa du pain.

– Un festin de… roi ! dit-il.

– Et de reine !

Puis elle regarda la pendule, baissa la tête d'un air malheureux et gémit :

– Taverne du Buveur, Taverne du Buveur ! Venez donc, buveurs, avalez votre verre. Enfin, s'ils n'avaient pas besoin de leur verre, je n'aurais pas de travail. Tu restes ici ce soir, Joe ?

Il haussa les épaules en mâchant sa saucisse.

– J'irai peut-être faire un t…

Elle leva les yeux.

– Pas trop loin, mon chéri.

– Non.

– Tu es un bon petit.

Elle lui caressa le front. Naguère, elle s'opposait à ces expéditions. Mais elle connaissait sa passion pour la nuit, et quand il grandit, elle commença à céder. Qu'est-ce qui rendait l'obscurité si attirante ? Était-ce la protection qu'elle lui offrait contre ceux qui se moquaient de lui pendant la journée ? Ou était-ce la magie de la nuit, la façon dont la lune, les étoiles et le monde enténébré rendaient ses rêves plus intenses ?

Elle l'embrassa. Elle savait qu'il ne vagabonderait pas au loin. Il lui reviendrait sain et sauf.

– Sois prudent, chuchota-t-elle.

Il la regarda sortir de la maison, s'éloigner sous les réverbères, disparaître dans la nuit qui s'approfondissait sur Helmouth.

Chapitre 13

Quelques minutes plus tard, il sortit à son tour. Il se dirigea vers les terrains vagues. La bande de Cody était invisible. La tente immense brillait sous les étoiles. Dehors, tout se taisait. A l'intérieur, le public riait et applaudissait. On ne voyait pas un chat. Joe fit le tour du chapiteau. Derrière, dans les caravanes, quelques lampes luisaient de l'autre côté des rideaux. Tout en bas, des phares indiquaient l'emplacement de l'autoroute. La masse imposante des Rochers de l'Os Noir se détachait sur le ciel nocturne. Joe tomba à genoux et rampa à quatre pattes sous les cordes grosses comme des bras. Il entendit la toile qui claquait au vent en gémissant. Comme un animal creusant son terrier, il enfonça sa tête entre la tente et l'herbe, repoussa le lourd tissu bleu et se glissa à l'intérieur.

Au-dessus de lui, il y avait des rangées de bancs, des jambes ballantes. Il regarda entre les planches et les jambes, et aperçut des chiens dansant sur la piste. Leur maître était un homme d'aspect délicat, qui portait une barbiche et trottinait sur la pointe des pieds. Il dirigeait les chiens à l'aide d'un bâton blanc pointu. Il ne cessait de se tourner pour s'incliner vers les spectateurs clairsemés. Quelques-uns applaudissaient. On entendait surtout des rires moqueurs, des cris méprisants. Les chiens culbutaient, tombaient les uns sur les autres. Par moments, ils perdaient toute concentration et vagabondaient en solitaires autour de la piste, le nez dans la poussière, comme s'ils cherchaient quelque chose. Pour finir, leur maître les prit tous dans ses bras et fit une dernière courbette. Les spectateurs leur jetèrent des papiers de bonbon et des bâtons de sucette et se répandirent en moqueries bruyantes. Le maître sortit avec ses chiens, en leur parlant à l'oreille. Il les caressait, les cajolait. Joe imagina qu'il leur chuchotait les mêmes mots que ceux que sa maman lui répétait sans cesse : « Tout va bien, mes chéris. Ne faites pas attention à eux, mes anges. Ils sont jaloux, voilà tout. Vous êtes beaux et courageux, vous êtes magnifiques… »

Des clowns firent des culbutes sur la piste. Corinna apparut, serrée dans son imperméable. Elle portait un plateau de glaces devant sa poitrine. Tandis que la musique retentissait, elle prenait pièces et billets, distribuait des glaces, hochait la tête en souriant. Ses collants et ses chaussures étaient troués. Joe la contempla de toutes ses forces, dans l'espoir qu'elle regarderait entre les corps de la foule et les rangées de bancs et finirait par le voir, accroupi dans l'obscurité où brillaient ses yeux avides. Mais elle ne regarda pas dans sa direction, elle ne découvrit pas sa cachette.

Derrière elle, deux hommes en noir entrèrent sur la piste. Ils portaient sur leurs épaules des chaînes et des filets. Ils tirèrent sur une corde, et la cage de Hackenschmidt avança en vacillant.

Des barreaux et un cadenas en fer, aussi rouillés les uns que les autres. Hackenschmidt portait un maillot blanc crasseux et des leggins maculés de taches de sang. Les muscles de ses bras et de ses jambes étaient saillants, son ventre énorme et rebondi. Il avait une longue barbe, noire et sale, une bouche rouge baveuse, des cheveux embroussaillés et des yeux étincelants. Il grognait et gémissait tout en lançant à la ronde des regards furieux. Se jetant contre les barreaux, il raya l'air avec ses bras puissants. On entendit des cris inquiets, des rires nerveux, des jurons étouffés. Les pères et les mères se serrèrent les uns contre les autres et passèrent leurs bras autour de leurs enfants. Des filles crièrent d'horreur et d'extase. Des garçons se levèrent d'un air de défi et se battirent la poitrine. Puis les roulements de tambour se turent, et un homme vêtu d'un costume rouge scintillant apparut. Il portait dans une main un pistolet, dans l'autre un porte-voix. Le public fit silence. L'homme porta le porte-voix à ses lèvres.

– Voici Hackenschmidt, proclama-t-il. Voici le Lion de Russie, le plus grand lutteur que le monde ait jamais connu. Le vrai, le seul Hackenschmidt, qui était là bien avant qu'aucun de nous ne soit né et qui sera toujours là alors que nous serons tous morts depuis longtemps. Il est venu vous défier. N'ayez pas peur.

C'est un tendre, tout au fond de son cœur. Il n'a encore jamais battu quelqu'un à mort. Et nous vous protégerons.

Hackenschmidt gardait le silence. Il penchait la tête sur le côté, comme s'il écoutait une rumeur lointaine. L'homme en rouge se tourna vers les gardes qui avaient traîné la cage sur la piste. Il pointa son pistolet en direction de la cage.

– Lâchez-le ! cria-t-il.

Les gardes s'avancèrent, ouvrirent le cadenas et battirent en retraite.

Hackenschmidt sortit d'un pas pesant. Il fit le tour de la piste en se frappant violemment la poitrine. Dans les rangées de devant, les spectateurs épouvantés reculèrent, essayèrent de se réfugier en hâte sur les gradins supérieurs. Une mère et ses enfants s'enfuirent par la lourde porte de toile.

– Faites-lui mordre la poussière et vous gagnerez mille livres ! brama l'homme en rouge. Qui sera le premier à relever le défi ?

Hackenschmidt bavait, ses yeux étincelaient. Ses bras étaient aussi gros que des jambes, ses jambes aussi épaisses que des arbres, sa tête aussi large que celle d'un taureau. Son ventre énorme, les taches sanglantes sur ses vêtements… Même dans la cachette de Joe, la puanteur de son corps était insoutenable, son odeur animale, mêlée de sang et de sueur.

– AAARRRGGGGGHHHHHHHH ! gronda le colosse. EEEEUUUUUURRRRRRRRRRRRR RGGGGGGG !

Il s'avança en titubant vers la foule et les gardes le repoussèrent à coup de chaînes. Les spectateurs poussèrent des hurlements de peur, d'horreur et de joie. Un garçon sauta sur la piste mais repartit aussi vite qu'il était venu.

– Allez, reprit l'homme en rouge. Venez à deux, à trois si vous voulez. Acceptez le défi de Hackenschmidt et gagnez mille livres ! Vous, monsieur ? Pourquoi pas vous, monsieur ? Ou même vous, madame ? Ou vous, jeune demoiselle ?

Un homme chauve pénétra sur la piste. C'était Nat Smart, un villageois que Joe avait souvent vu faire du jogging dans les rues. Il fit le tour du colosse puis se rua sur lui en brandissant ses poings. Hackenschmidt le jeta par terre d'une chiquenaude, et on le traîna hors de la piste. Deux garçons de l'école approchèrent chacun de leur côté et s'emparèrent des bras du géant. Il les écrasa contre son ventre puis les envoya valser. D'autres candidats arrivèrent en courant, ou s'avancèrent prudemment. Ils essayèrent de le terrasser brutalement ou d'en venir à bout par des croche-pieds sournois. Ils sautèrent sur son dos, se glissèrent entre ses jambes. Hackenschmidt les écartait comme des mouches ou les serrait à les étouffer avant de les rejeter. Il se dandinait en grognant et en se frappant la poitrine. Bientôt, plus aucun candidat ne se présenta. C'est alors que son visage se tourna vers Joe. A travers les jambes et les bancs, il regarda fixement ses deux yeux brillant dans la cachette obscure. Joe fixa à son tour la face crasseuse, les yeux étincelants et injectés de sang. Hackenschmidt se figea, puis il s'avança vers lui en laissant pendre ses lèvres et en montrant ses dents, tendit en avant ses mains énormes et crasseuses. Joe recula tandis que les gardes se précipitaient pour retenir Hackenschmidt. Ils fourrèrent un os sanguinolent dans son poing et il entreprit de le mastiquer. Il battit en retraite d'un pas hésitant. Des chaînes s'enroulèrent autour de son cou, le canon du pistolet se pointa contre sa tempe, et il rentra dans sa cage. On ferma le verrou et la cage fut de nouveau traînée hors de la tente.

Des clowns firent des culbutes sur la piste. Corinna revint proposer des glaces aux spectateurs. Joe était accroupi dans l'ombre, tout contre la toile. Elle ne le regarda pas. Il rampa hors de sa cachette et se retrouva dehors, de retour dans la nuit.

Chapitre 14

Il s'avança à travers les terrains vagues, jusqu'au moment où les lumières de Helmouth disparurent à ses yeux et où il ne vit plus que le halo orangé luisant au-dessus du village. La lune éclairait dans le lointain les Rochers de l'Os Noir. Des phares sillonnaient l'autoroute comme des éclairs. Le chapiteau bleu resplendissait. Joe s'accroupit sur la terre, se laissa envahir par la nuit. Il pensa à la peau de serpent tatouée sur Joff, au visage de Corinna tacheté comme un œuf d'alouette, aux rugissements bestiaux de Hackenschmidt. Il savait qu'ici, dans les terrains vagues, les vies des hommes et celles des animaux pouvaient se fondre. Il connaissait la sensation d'être Joe Maloney mais aussi plus que Joe Maloney. En ces lieux sauvages, le jour, il pouvait s'élever dans l'azur comme une alouette. La nuit, il pouvait voltiger dans les ténèbres comme une chauve-souris. Il savait vider son esprit pour qu'il s'emplisse d'une identité plus riche. Il sentait ses mains se couvrir d'une fourrure de belette, ses doigts se transformer en griffes. En poussant des sifflements, il devenait un serpent ondulant à travers d'antiques caves sous la Chapelle Bénie. Il se mettait à quatre pattes, et son visage et ses dents s'effilaient tandis qu'il prenait la forme d'un renard. Personne ne savait qu'il était capable d'accomplir de telles métamorphoses. Elles étaient pour lui seul, nées de son cœur secret.

Quand il était petit, il voyait davantage de choses que les autres enfants. Il lui arrivait souvent de désigner du doigt un point au-dessus des Rochers de l'Os Noir et d'essayer de nommer ce qu'il apercevait, mais personne d'autre ne le voyait. Par moments, sa mère semblait sur le point de voir. Elle levait les yeux, suivait la direction de son doigt, regardait. Les yeux écarquillés, elle chuchotait : « Oui, Joe. Il me semble… il y a quelque chose… » Et elle écoutait toujours quand il dressait son doigt et lui disait de prêter l'oreille aux chants et aux murmures étranges qu'il entendait résonner dans l'air. Elle l'encourageait aussi en souriant quand il dessinait, tout petit, les bêtes et les fées qu'il voyait et avec lesquelles il jouait dans les herbes folles envahissant leur jardin. Elle s'abstenait de toute moquerie, de tout dédain, cependant il savait qu'elle n'avait jamais vraiment entendu, vu ni compris. Il savait qu'en réalité personne ne comprenait.

Puis il commença à faire l'école buissonnière, et les enfants qui avaient grandi avec lui à Helmouth se détournèrent peu à peu de lui. Un jour qu'il vagabondait dans les terrains vagues en pleurant, il découvrit dans la Cuisine de la Sorcière un garçon accroupi à quatre pattes, qui grattait la terre en geignant. Il se tapit sur le sol pour l'épier. Le garçon creusait avec ses doigts et arrachait du sol de petites mottes de terre et de gazon. La bouche crispée, le nez froncé, il poussait des reniflements et des grognements comme un petit animal. En se retournant, il vit Joe et recula en dressant ses mains comme des pattes pour se protéger. Ils se regardèrent, et l'étrange créature redevint simplement un petit garçon. Joe garda le silence, ne sachant que dire.

– J'étais une taupe, lança le garçon. C'est normal, puisque je m'appelle Stanny Taupe.

Il pencha la tête de côté, d'un air de défi.

– D'accord ?

– D-d'accord, dit Joe avant de pointer son doigt en direction du ciel au-dessus des Rochers de l'Os Noir.

– Ils v-volent, bégaya-t-il.

Stanny regarda, ses yeux s'écarquillèrent l'espace d'un instant et Joe crut qu'il était sur le point de voir, mais finalement le garçon baissa de nouveau les yeux vers la terre et demanda :

– Qu'est-ce qui vole ?

Stanny Taupe était un nouveau venu à Helmouth, arrivé de la ville pour vivre au village avec sa mère. C'était déjà un habitué de l'école buissonnière, plus aguerri à la solitude que Joe. Dès le début, il déclara à Joe qu'il avait besoin de s'endurcir, ce qui ne l'empêcha pas de devenir son ami et de passer plus d'une journée avec lui à vagabonder dans les terrains vagues. Puis Joff entra dans la vie de Stanny et commença à l'emmener au-delà de l'autoroute, dans la Forêt

Argentée et jusqu'aux Rochers de l'Os Noir, pour lui apprendre à survivre et à tuer. Ils voulaient que Joe les accompagne en ces lieux propices à la vie sauvage, aux visions et aux rêves, mais il se déroba. Il savait que pour s'y rendre un jour il lui faudrait être en compagnie de quelqu'un qui verrait ce qu'il voyait, qui sentirait ce qu'il sentait. Un véritable partenaire, un ami authentique, qui comprendrait ce que signifiait quitter Helmouth pour s'aventurer aux extrémités du monde, aux confins de l'esprit.

Joe renifla et frissonna. Ses oreilles étaient aux aguets dans la nuit. Il tremblait, le cœur battant, les muscles tendus. Qu'avait-il entendu, ou presque, qu'avait-il cru voir rôder dans les terrains vagues, descendre la pente, s'éloigner des lumières ? Il se tapit sur le sol et attendit. Rien. Derrière lui, la foule dans le chapiteau applaudissait et sifflait. Il imagina Hackenschmidt léchant un morceau de viande sanguinolente dans sa cage fermée à clé. Il imagina Corinna en train de tournoyer, encore et encore. Il imagina Stanny qui rêvait à la panthère, sa maman qui s'activait dans la Taverne du Buveur et vendait des cigarettes et de la bière bon marché à la bande de Cody.

– Esprits de l'air et de la terre, murmura-t-il, protégez-nous tous cette nuit.

Il tressaillit de nouveau. Qu'est-ce qui rôdait dans les terrains vagues, s'enfonçait dans les ténèbres ? Il scruta la nuit. Rien.

– Esprits de l'eau et du feu, esprits de la lune, esprits des étoiles, protégez-nous. Nos hommes. Nos hommes.

Il s'éloigna en rampant sur ses mains et ses genoux, retourna vers les lumières de Helmouth, replongea dans l'immense halo bleuté qui rayonnait autour de la tente. Une ombre mouvante se dessinait sur la paroi de toile, s'élevait, s'envolait, se balançait : Corinna. Il pensa à ses yeux, à sa peau constellée de taches de rousseur. Il rêva à une autre ombre accompagnant ses mouvements, l'ombre d'un trapéziste, d'un partenaire surgi d'un autre temps, d'une autre vie. Le public clairsemé applaudit. Un grondement retentit, comme l'écho d'un animal criant au fond d'une caverne obscure. Il se retourna, laissa ses yeux errer sur les terrains vagues. Rien. Mais il commença à se hâter en direction du village.

Chapitre 15

Joe était épuisé par sa journée. Il était allé directement au lit et s'était endormi, mais ne cessait d'être réveillé par les gens revenant du chapiteau, par le bruit de leurs pas sur le trottoir, par leurs rires. De toute façon, il ne s'endormirait pas pour de bon avant d'avoir entendu sa mère rentrer. La lueur orangée des réverbères s'insinuait dans sa chambre par les interstices des rideaux. Joe observa les rideaux, le petit miroir accroché au mur, la porte entrouverte, les vieux dessins scotchés près de son lit, ses vêtements empilés par terre. Ces objets se déplaçaient, s'amalgamaient, se transformaient. Rien n'était fixe. Rien ne se réduisait à soi-même. Les jeux d'ombre et de lumière donnaient naissance à des bêtes singulières, édifiaient des villes, des paysages bizarres. Joe les regardait en s'efforçant de ne pas avoir peur. Par moments, il s'endormait, puis il émergeait en sursaut d'un rêve étrange pour retrouver ce monde éveillé non moins étrange. Il se mordait les lèvres en soupirant. S'il grandissait, s'il s'endurcissait, ces métamorphoses perpétuelles cesseraient-elles ?

Il entendit sa mère tourner la clé dans la serrure.

Elle l'appela d'en bas :

– Joe ! Tu es rentré ?

– Oui, maman !

Elle monta jusqu'à sa chambre, s'assit sur le lit. La pâle lueur orangée se reflétait dans ses yeux.

– Comment va mon petit garçon ?

– B-bien.

– Tu es allé faire un tour ?

– Oui. Pas trop loin.

Elle caressa son front.

– Quand tu seras plus grand, nous partirons loin d'ici. Nous dirons adieu à Helmouth. Nous voyagerons, exactement comme ces gens du cirque. Toi et moi, nous trouverons le chemin d'une vie merveilleuse, Joe.

Il entendait son cœur battant doucement, sa respiration paisible.

– J-je t'aime, souffla-t-il.

– Moi aussi, je t'aime.

Elle commença à chanter pour qu'il s'endorme :

« Si j'étais un petit oiseau, haut dans le ciel,
Voici comme j'étendrais mes ailes
Pour voler, voler, voler.
Si j'étais un chat, je resterais assis près du feu,
Voici comme je me servirais de mes pattes
Pour laver ma frimousse.
Si j'étais un petit lapin, au bois je vagabonderais,
Voici comme je creuserais mon terrier

Pour être chez moi.

Si j'étais… »

– Bonne nuit, chuchota-t-elle. Bonne nuit, petit garçon.

Elle descendit l'escalier. Bientôt, elle remonta pour se coucher à son tour, se plonger dans son propre sommeil.

Joe dormait. La nuit s'approfondit. Le tigre recommença à bouger, il s'éloigna des terrains vagues pour retrouver Joe Maloney.

Joe sentit son odeur, son souffle chaud et aigre, sa fourrure puante. Il sentit sur sa langue, dans ses narines, les effluves de la bête sauvage. Il l'entendit monter les marches de son pas feutré. Il entendit sa respiration longue et lente, le soupir au fond de ses poumons, le râle dans sa gorge. La bête entra dans sa chambre, se pencha sur son lit.

– Tigre ! haleta-t-il. Tigre ! Tigre !

Il se prépara à mourir quand la large face rayée se rapprocha, quand la gueule aux crocs recourbés s'ouvrit et que les yeux cruels le fixèrent. Puis il se transforma. Il sentit sa peau se couvrir de fourrure, ses mains devenir de lourdes pattes aux griffes meurtrières. Il sentit sa respiration se faire plus profonde, un cœur de tigre se mettre à battre puissamment dans sa poitrine. Il se tourna et se retourna dans son lit. Des souvenirs passaient comme des éclairs dans sa mémoire : il se voyait courir à travers des prairies brûlantes, une antilope bondissant devant lui, d'autres tigres courant à son côté.

– Tigre ! Tigre ! Tigre !

La voix venait de la nuit.

– Tigre ! Tigre ! Tigre !

Et le tigre repartit en emportant son odeur et sa nature sauvage, et Joe de nouveau ne fut plus que lui-même. Il se dirigea vers la fenêtre et mit ses mains en entonnoir pour regarder dehors. Il distingua les rayures orange sous les réverbères et les rayures noires dans la nuit tandis que le tigre s'élançait vers la silhouette immense et obscure qui l'attendait dans la Tranchée.

– Tigre ! chuchota Joe quand la bête se retourna.

Elle le regarda, le reconnut. Puis elle disparut avec l'homme au-delà de la Tranchée.

Joe Maloney caressa ses mains, lécha ses dents, écouta son cœur.

Vers l'orient, derrière le village, au-dessus des Rochers de l'Os Noir, une fine ligne orangée rayait le ciel noir. Joe Maloney s'habilla, sortit de la maison sur la pointe des pieds, suivit la trace du fauve. Et il sentit sur lui l'odeur du tigre, et la mémoire du tigre imprégna son sang.

SAMEDI

Chapitre I

Le souffle égal, le cœur paisible. L'odeur de sciure, de toile de tente, les relents d'excréments et de sueur d'animaux. Des bruits légers : craquements assourdis, battements d'ailes. Il gisait sur le sol. Quelque chose bougeait sur son visage. Caressait sa peau avec douceur, avec délicatesse.

– Joe ! Joe ! Joe Maloney !

Il ouvrit les yeux.

Corinna était agenouillée près de lui, un pinceau à la main. Au-dessus de sa tête se déployaient le filet, le trapèze, la galaxie pâlie. Au-dessus de tout, la lumière d'un bleu intense.

– Je savais que tu étais ici, Joe, chuchota-t-elle. Je t'avais vu en rêve. Je savais que tu viendrais, et je t'ai découvert comme prévu. Tu dormais à poings fermés.

Elle lui montra son pinceau, sa petite boîte de couleurs.

– Je te déguise en tigre. Ne bouge pas, j'ai presque fini.

Il leva les doigts pour toucher son visage mais elle arrêta son geste.

– Tu vas salir la peinture, Joe.

– Un tigre est venu me chercher.

Elle sourit.

– Un tigre ?

Elle continua de le peindre en orange, noir et blanc. Puis elle lui tendit un verre de lait chaud. Il s'assit, but une gorgée et se lécha les lèvres.

– Du lait tout frais de nos chèvres, dit-elle. Il n'y a pas de tigres, Joe.

Elle lui donna une tartine couverte d'une épaisse couche de beurre.

– Mange.

Il mangea la tartine et termina le lait. La peau de Corinna était si lisse, si tachetée, exactement comme un œuf d'alouette. Ses yeux étaient d'un bleu profond. Elle portait son imperméable serré sur son costume à paillettes, ses collants noirs, ses ballerines argentées. Il observa le trapèze. Il s'imagina en train de bondir, de tournoyer si vite qu'il disparaissait. Elle lui tendit des vêtements soigneusement pliés : une chemise et un pantalon de satin noir.

– Mets-les, dit-elle.

Elle se retourna en riant tout bas.

– Voilà, tu peux y aller.

Il ôta en hâte son jean et son tee-shirt pour endosser cette nouvelle tenue. Elle pouffa quand elle se tourna pour le voir.

– Ces souliers, Joe ! Il va falloir aussi s'en occuper.

Il se tenait devant elle d'un air gauche, en rougissant sous ses rayures de tigre.

Il leva de nouveau les yeux. Dans sa tête, il s'élançait dans le vide.

– J-j'aimerais aller là-haut, dit-il. Avec cette corde. Je voudrais g...

Elle sourit de plus belle.

– Oh, Joe ! Tu vas me faire pendre.

– J'aimerais...

– C'est contre toutes les règles. Contre la loi. Je serai renvoyée par ta faute, et le cirque devra fermer ses portes.

– P-personne ne serait au courant.

– Tu te rompras le cou et personne n'en saura rien, bien entendu.

Il baissa les yeux, imagina l'air léger, la chute sur le sol dur. Songea à son cou rompu, à sa vie passée à rester étendu comme un idiot sur son lit...

Corinna se mit à pouffer.

– C'est d'accord, dit-elle. Je plaisantais. Bien sûr que tu peux essayer. Mais pas avec ces souliers. Et de toute façon, nous devons d'abord aller voir Nanty Solo.

– Nanty S... ?

– Elle m'a dit de t'amener chez elle si tu venais. N'aie pas peur, elle ne va pas te manger.

Chapitre 2

Elle le conduisit hors de la tente. Le visage de Joe était figé, sa peau raidie par la peinture. Ses vêtements de satin noir flottaient au vent, laissaient pénétrer l'air si frais. Les fenêtres de Helmouth étincelaient dans la lumière matinale. Il regarda en direction de l'autoroute, mais Stanny et Joff devaient être loin, sans doute progressaient-ils déjà à travers la Forêt Argentée.

Une voix appela :

– Tomasso ! Tomasso ! Tomasso !

L'homme à la barbiche sortit en trébuchant d'une caravane. Il portait une robe de chambre d'un blanc crasseux. Il entreprit de lancer des morceaux de bacon à ses petits chiens. En voyant Corinna, il agita le bras en souriant.

– Notre bon Wilfred, dit-elle. Il ne nous laissera jamais tomber.

Ils se dirigèrent vers l'arrière du chapiteau. Les caravanes et les camions étaient couverts de poussière. Leurs pneus étaient souvent à plat, et les véhicules s'affaissaient dans l'herbe haute. Il semblait impossible qu'ils repartent un jour.

– Tomasso ! Tomasso ! Tomasso !

– C'est Charley Caruso, dit Corinna. Le plus grand lanceur de couteaux que le monde ait connu. Son fils est mort dans le Cercle de Feu. Il n'avait que cinq ans, le petit Tomasso.

– Il m'a appelé T-Tomasso.

– Chaque fois qu'il voit un garçon, il pense que ce pourrait être Tomasso. Qui sait s'il n'aura pas raison un jour ? Son Tomasso finira peut-être par revenir.

– Mais s'il est…

– On le lançait à travers le cercle enflammé. Le numéro avait toujours été parfaitement sûr. Il le faisait chaque soir depuis l'âge de trois ans. Mais cette fois, les flammes ont effleuré ses vêtements en tourbillonnant et ils ont pris feu. Tout est allé si vite. Le choc et les brûlures ont eu raison de lui. Il était si petit.

– Tomasso ! Tomasso !

– On voulait l'emmener loin de nous, mais il a insisté pour rester, pour continuer de voyager avec nous. Il a déclaré qu'il n'aurait jamais autant d'occasions de voir des garçons, que c'était sa seule chance de retrouver son Tomasso. Maintenant, chaque soir, il scrute les visages de tous les garçons du public. Lui aussi, il ne nous quittera jamais.

Ils continuèrent de marcher sur le sol caillouteux.

– Qui sait si tu n'es pas Tomasso, en fait ? C'est peut-être toi, et tu ne t'en doutes même pas. Peut-être avons-nous tous une autre identité que nous ignorons.

– Peut-être, marmotta Joe.

– Qu'est-ce que tu es en secret, à ton avis ?

Joe prit un air concentré. Il savait qu'il apparaissait aux autres comme un petit être craintif. Il avait conscience de sa gaucherie, de son silence. Mais il savait aussi que ce petit balourd nommé Joe Maloney pouvait être bien d'autres choses encore : une alouette, un renard, une chauve-souris, un serpent. Il regarda Corinna. Il aurait voulu lui dire ce qu'il savait de lui-même, ce qu'il était en rêve, mais les mots trébuchaient sur sa langue. Il haussa les épaules d'un air embarrassé.

Elle sourit et effleura du bout des doigts les rayures sur son visage.

– Joe Maloney le tigre, dit-elle. Nous sommes arrivés.

Chapitre 3

Une roulotte minuscule, bleue comme le chapiteau. La peinture des parois s'écaillait et se craquelait. On pouvait déchiffrer des vestiges de mots au-dessus de la porte : Chance, Avenir, Étoiles. Après avoir frappé, Corinna prit Joe par la main et entra en refermant la porte dans leur dos. L'unique fenêtre, toute petite, laissait entrer une pâle clarté. Les lumières minuscules de lampes à gaz dansaient sur les murs. Une odeur de bougies, de gaz, d'urine, de chats. Un lieu exigu, bas de plafond. Des tapis rouges élimés recouvraient le sol et les murs.

– Corinna, chuchota une voix éraillée. Tu me l'as amené, ma Corinna chérie.

Une femme petite et décharnée était assise dans un lit étroit. Des cheveux roux aux racines argentées, un cardigan râpé sur ses épaules. Ses joues étaient creuses, presque cadavériques, mais ses yeux étincelèrent dans l'ombre quand elle se tourna vers eux et sourit à Corinna.

Sur les murs illuminés par la lumière du gaz, de

vieilles photographies étaient accrochées. D'antiques caravanes près desquelles des poneys se reposaient. De vastes chapiteaux avec des cages d'animaux à l'extérieur. Des vues de l'intérieur montrant des ours et des éléphants, des tigres grondeurs, des lions mugissants. Des chevaux bondissaient, des panthères rôdaient. On voyait des zèbres, des buffles, des lamas, des léopards, tous paradant devant des foules ouvrant de grands yeux. Des trapézistes volaient et faisaient des sauts périlleux dans le vide. Des hommes maintenaient en équilibre sur leur tête d'énormes pierres et des boules d'acier ou formaient avec d'autres des pyramides humaines.

– Je sens son odeur, dit Nanty. Fais-le approcher.

– Il s'appelle Joe Maloney.

– Il est craintif comme un chevreuil. Voyons ça de plus près.

Joe recula mais Corinna lui prit la main en souriant et l'amena près de la femme, qui le toucha du bout de ses doigts recourbés comme des griffes.

– Voici Nanty Solo, dit Corinna. Dis-lui : « Bonjour, Nanty Solo. »

– B-bonj…

– Il est fâché avec les mots, observa Corinna.

– Quelle importance ? répliqua Nanty. Les mots ne sont qu'un vain babillage, un bruit dénué de sens, Joe Maloney. Mais tu le sais parfaitement, n'est-ce pas ?

Joe se mordit les lèvres. Une pâle membrane recouvrait les yeux de Nanty Solo, obscurcissant l'iris et la pupille, mais elle semblait voir à travers et scruter le fond de son cœur. Elle serra sa main en grimaçant un large sourire.

– Que sont les mots auprès du chant d'une alouette, pas vrai ?

Juste au-dessus de ses sourcils, une cicatrice rouge barrait son front d'une ligne horizontale qui se perdait dans l'espace sombre sous les cheveux roux clairsemés. On aurait cru que sa tête avait été sciée ou coupée en deux, et que le sommet du crâne avait été soulevé puis remis en place.

– Ta peau est aussi douce qu'un pétale de bouton d'or, dit-elle. Et mes yeux sont encore assez bons pour voir que ma petite Corinna s'est occupée de toi. Qu'est-ce que c'est ? Ah, un tigre. Dieu vous bénisse, mes enfants. Tu es originaire de Helmouth ? On doit s'y sentir un peu enfermé.

– En-enfer…

– L'enfer ! Et on t'a permis d'en sortir ?

Elle éclata d'un rire asthmatique, qui la plia en deux sur son lit.

Corinna sourit.

– Nanty est très gentille, chuchota-t-elle. Elle ne te fera aucun mal.

La vieille femme et la jeune fille contemplèrent le garçon au visage de tigre. Joe libéra sa main de l'étreinte de Nanty et se tourna pour regarder d'autres photos. Un cliché passablement flou montrait des animaux blancs qui broutaient de l'herbe sur la piste du cirque. Joe s'approcha pour mieux voir ces petites créatures trapues, aux cornes entortillées. Il regarda d'encore plus près, en écartant sa tête de façon que la lumière du matin illumine autant que possible la photo. Il n'avait pas la berlue : ces animaux avaient tous une unique corne surgissant de leur front.

Nanty éclata d'un rire saccadé.

– Des licornes. Et oui. Tu en avais déjà vu ?

Joe fit non de la tête et s'absorba de nouveau dans sa contemplation. A côté des licornes, un cliché beaucoup plus ancien montrait un énorme tigre endormi dans un filet que des hommes portaient sur de longs bâtons, à la lisière d'une forêt vierge. Sur une photo voisine, on voyait de nouveau un tigre emprisonné dans un filet, que des porteurs faisaient passer sous la porte de toile du Cirque Hackenschmidt. Il essaya de voir si le tigre entrant dans la tente était le même que celui qu'on emportait loin de la forêt.

Nanty lança en riant :

– Reviens voir Nanty, Joe. Laisse-la te sentir pour de bon. Laisse-la te deviner.

Elle inclina sur le côté sa tête effroyable.

– Tu es déjà venu chez nous ?

– N-n...

– Il vit ici, dit Corinna.

– Que faisons-nous d'autre, tous tant que nous sommes... Et tu n'as aucun souvenir d'un autre endroit ? Tu ne te rappelles pas avoir voyagé avec des gens comme nous ?

– N-non.

Nanty attira Joe vers elle. Elle se pencha et huma sa

gorge. Elle passa sa main dans les cheveux du garçon et la renifla. Puis elle tendit sa paume ouverte.

– Crache dessus, commanda-t-elle.

Corinna fit signe à Joe d'obéir.

Il lécha sa bouche sèche et cracha un minuscule filet de salive qui scintilla sur la peau sombre et ridée de la paume de Nanty. La vieille femme pouffa.

– C'est tout ? Enfin, je m'en contenterai.

Elle porta sa main à ses narines et inspira profondément.

Elle attrapa la main de Joe et la porta à sa bouche pour en lécher la paume.

– C'est bien, chuchota-t-elle. Vraiment merveilleux.

– N'est-ce pas ? dit Corinna.

Les yeux pâles de Nanty s'adoucirent tandis qu'elle réfléchissait.

– Et qui sont ton père et ta mère, d'après toi ?

– J-j...

Corinna fit clapper sa langue.

– Dis-lui simplement ce qu'il en est, Joe.

– Maman habite Helmouth. Elle travaille à la T-Taverne du Buveur. Papa d-dansait la valse dans une foire.

– Je vois le genre. Il y a belle lurette qu'il est parti en vous abandonnant.

– Ou-ou...

– Viens plus près. Laisse Nanty écouter ton cœur.

Elle l'attira à elle et appuya son oreille contre la poitrine du garçon. Il sentit que son cœur s'accélérait, battait à tout rompre.

– C'est ça, murmura-t-elle. Ton cœur bat normalement et plus loin on entend l'autre, le cœur secret qui palpite comme une créature haletant au fond d'une caverne obscure.

Elle fouilla sous les couvertures de son lit et en tira une boîte en bois, large et plate, dont le couvercle s'ornait de filets d'argent. Nanty souleva le couvercle, et Joe aperçut dans la pâle lumière des crocs, des plumes, des griffes, des fragments d'os et de fourrure. Après avoir refermé la boîte, elle la secoua doucement.

Approchant son visage de celui de Joe, elle déclara :

– Corinna ne s'est pas trompée en te choisissant, mon garçon. Nanty sent en toi le goût d'une réalité ancienne, animale. Tu n'es pas en paix dans le monde où tu vis, n'est-ce pas, Joe Maloney ?

– N-n…

– C'est pour cette raison que tu as de tels problèmes avec les mots, mon garçon.

Elle secoua de nouveau la boîte.

– Mais regarde ces choses, Joe. Regarde le monde qui se trouve dans cette boîte. Ce sont des reliques, vois-tu. Des trésors, infiniment précieux. Des fragments d'un monde qui existait jadis et qui est toujours présent pour ceux qui savent voir.

Joe tendit la main vers la boîte mais la vieille femme le repoussa.

– Pas encore, lança-t-elle. Regarde-moi dans les yeux. Oublie la cicatrice de Nanty Solo. Oublie le monde où tu vis. Concentre-toi sur les yeux voilés de Nanty.

Il la regarda dans les yeux, mais il voyait toujours la ligne qui barrait son front, la profonde entaille découpée dans son crâne, et il ne pouvait s'empêcher de se demander quelle arme, quel assaillant pouvait avoir causé une telle blessure.

— Maintenant, ferme-les yeux, mon garçon.

Joe ferma les yeux. Il sentit les mains de Nanty se refermer délicatement sur sa tête, avec une infinie tendresse.

— Comment se peut-il qu'une tête tout entière tienne entre les doigts d'une femme ? chuchota-t-elle. Elle abrite des rêves et des souvenirs et des contes répétés depuis d'innombrables générations. Elle abrite des étoiles brillant à des millions de kilomètres d'ici et de profondes cavernes plongées dans l'ombre et des forêts et Helmouth et des professeurs et des mères et des cornes de licorne et des rayures de tigre. Cette tête est plus immense que le monde et que tous les mondes qui furent jamais. Et pourtant, tu vois, tout cela tient sous une petite tente d'os et de peau tendre, et les doigts d'une femme peuvent se refermer dessus. Comment est-ce possible ?

Joe se mordit les lèvres et n'essaya même pas de répondre.

— Certains prétendent savoir comment c'est possible. Ils regardent à l'intérieur de la peau et de l'os délicat et nous disent ce qu'il y a dedans, comment ces choses se sont agencées ainsi, pourquoi ceci est en ordre et cela ne va pas dans cette tête.

Elle soupira. Ses doigts commencèrent à bouger et

ils semblèrent se fondre et se confondre avec l'os et la peau du crâne de Joe.

– Certains ont déjà voulu te parler ainsi, Joe Maloney. Ils ont essayé, n'est-ce pas ?

– Ou-ou...

– Ne les crois pas, Joe Maloney.

Il entendit le couvercle de la boîte grincer quand elle l'ouvrit.

– Qu'arriverait-il si l'on ouvrait la tête de Joe Maloney ? Si l'on regardait à l'intérieur pour en retirer quelque chose ? Que deviendraient les mondes de Joe Maloney ?

– S-sais p...

– Nanty Solo ne le sait pas non plus. Où s'en vont les rêves quand la tente d'os est brisée ?

Elle souleva le couvercle de la boîte. Joe entendit des alouettes crier, des lapins piailler, des chats miauler. Le tigre était à l'affût. Des bêtes battaient des ailes au-dessus des Rochers de l'Os Noir et traversaient à pas feutrés la Forêt Argentée.

– Touche-les, dit Nanty Solo. Prends quelque chose.

Les doigts de Joe tâtonnèrent dans la boîte plate, sentirent les arêtes aiguës d'os et de crocs, la masse légère de plumes, les poils denses de fourrures. Ils se refermèrent sur un objet dur, tranchant et friable.

– Un os, murmura Nanty. Dieu te bénisse.

Joe regarda. Un fragment grisâtre gisait sur sa paume.

– Un os, répéta-t-elle.

Elle le lécha, réfléchit.

– Un os de tigre, si je ne m'abuse. Datant des années vingt, ou de plus loin encore. Tu as bien choisi, mon garçon.

Elle détacha un morceau minuscule avec l'ongle de son pouce.

– Avale-moi ça, commanda-t-elle.

Corinna lui fit de nouveau signe d'obéir.

– Cet os s'accordera avec le tigre dont j'ai senti le goût en toi, affirma Nanty. Ce sera une préparation en vue des tourments à venir. Montre-moi ta langue.

Joe ouvrit la bouche et tendit la langue, sur laquelle elle déposa le morceau d'os.

– Avale l'os du tigre, lança-t-elle.

Joe avala, sentit l'os du tigre descendre dans sa gorge, s'enfoncer dans les ténèbres de son corps.

– Il faut que tu dises : « Je vous remercie », déclara Nanty.

– M-mer…

– Dis-le.

– Je vous… r-remercie.

Nanty Solo referma la boîte.

– Amen, chuchota-t-elle. Amen.

Elle sourit.

– Prépare-moi du thé, Corinna.

Chapitre 4

Assis sur le lit de Nanty Solo, ils burent du thé dans de petites tasses en argent et grignotèrent des biscuits au gingembre. De l'autre côté de la fenêtre poussié-reuse, la journée commençait à Helmouth. Des gens entraient et sortaient du lotissement. Des gamins traî-naient à l'orée de la Tranchée. Au loin, on entendait le vacarme de l'autoroute. Joe détourna les yeux de la fenêtre. Il palpa sa joue avec sa langue et sentit les rayures peintes qui raidissaient sa peau. Il remua ses épaules sous sa chemise noire et fraîche. Après un coup d'œil sur les licornes et les tigres, il regarda son amie Corinna qui pouvait voler et son amie Nanty Solo qui lui avait donné à manger un antique os de tigre. Il s'adossa au mur, dans cette vieille roulotte éclairée au gaz, à quelques pas du grand chapiteau bleu dont la toile s'effilochait. Il respirait doucement en écoutant le cours paisible de son sang, et il se sen-tait chez lui.

– Au commencement, chuchota Nanty Solo, tout était nouveau. La tente, les poteaux, les cordes, les piquets, les caravanes. Il y a longtemps, si longtemps. Les noms étaient écrits en lettres larges et brillantes. La lune, le soleil et les étoiles étincelaient comme de l'argent et de l'or véritable. Des bêtes venues des confins les plus obscurs du monde rôdaient dans des cages éclatantes et dans les tréfonds ténébreux du cerveau. Des hommes avaient appris à être aussi forts que des lions. Des filles avaient appris à voler comme des oiseaux. Le soir où tout commença, on dressa le chapiteau dans une prairie verdoyante, près d'une grande cité. A la tombée de la nuit, les étoiles surgirent dans un ciel d'un noir d'encre et l'illuminèrent. La ville scintillait comme un ciel sur la terre. Entre la terre et le firmament, la tente bleue resplendissait. Et les gens quittèrent la ville pour rejoindre la prairie verdoyante. Ils pénétrèrent dans la tente et regardèrent avec stupeur ce qui se déroulait devant eux sur la piste couverte de sciure. Des tigres rugissaient, des filles volaient, des hommes aussi forts que des lions formaient des pyramides humaines. Bientôt, le chapiteau reprit son errance, partit pour d'autres cités, d'autres prairies. Mais il demeura intact, il resplendit à jamais dans les rêves de ceux qui y étaient entrés.

Elle but une gorgée de thé et soupira.

– Maintenant on se moque de nous, on nous crache dessus. Nous sommes chassés de terrain vague en terrain vague. Personne ne nous mêle plus à ses rêves.

Elle sourit à Joe.

– Personne… Sauf les gens comme toi, me semble-t-il, Joe Maloney.

– Ou-oui.

– Le tigre est venu te chercher, la nuit dernière.

Il eut un hoquet de surprise.

– Ou-ou…

– Il est venu te chercher car c'est toi qui l'emmène-
ras dans la forêt.

Joe regarda fixement Nanty, puis Corinna, qui lui
répondirent par un sourire.

– Qu-quoi ? balbutia-t-il.

– Tout va bien, dit Corinna. Il n'y a pas de tigres,
Joe.

– C'est exact, confirma Nanty. Il n'est pas question
de tigres réels.

Elle appuya sur ses lèvres un de ses doigts crochus.

– Un jour, dans pas trop longtemps, des morceaux
de Hackenschmidt, de Charley Caruso, du bon Wilfred et de moi-même se trouveront dans cette boîte à
reliques.

Elle glissa de nouveau la boîte sous les couvertures.

– Et plus tard, qui sait, elle contiendra aussi des
morceaux de Corinna et de toi, mon petit Joe Maloney.

Elle regarda par la fenêtre minuscule les gens qui
flânaient, jouaient ou passaient en hâte, l'herbe folle
des terrains vagues, les murs des maisons de Helmouth. Au coin de la fenêtre, une grosse araignée
était tapie au centre de sa toile.

Elle soupira. Un râle profond résonnait dans sa poitrine. Elle agrippa la main de Joe.

– A la fin, mon garçon, tout est vieux. La tente

101

s'écroule et pourrit, les gens s'en vont ou meurent, plus personne ne fait les numéros et tout est oublié. Tout est oublié.

Elle sourit. Corinna embrassa la joue de la vieille femme.

– Tu t'es trouvé un gentil copain, ma Corinna chérie, dit Nanty.

– C'est vrai.

– Il pourrait être ton jumeau. Et il faut convenir qu'il est plus courageux qu'il ne le croit lui-même.

Corinna adressa à Joe un sourire radieux.

– Je sais.

– Tu peux t'en aller maintenant, mon garçon, lança Nanty Solo de sa voix éraillée. Rappelle-toi ceci. Cet endroit est l'œuvre de ceux qui domptèrent les bêtes sauvages, de ceux qui écoutèrent en eux-mêmes la voix des fauves. Tout ce qu'ils firent, c'est de dresser une tente autour de cette réalité et de parcourir le monde avec elle. Tu ne comprends pas, évidemment. Tu n'es qu'un enfant. Tu es venu ici pour ce jour, le dernier de tous nos jours.

– Allons-y, Joe Maloney, dit Corinna.

– Quand il ne restera plus de Nanty que des morceaux dans la boîte, en prendras-tu un ? Avaleras-tu Nanty ?

– Dis oui, l'adjura Corinna.

– Oui.

– Dans ce cas, tu as le droit de m'embrasser, déclara Nanty Solo.

Corinna le poussa du coude.

En tremblant, il se pencha sur le lit pour embrasser la joue abîmée. La vieille femme attrapa sa main et l'approcha de sa bouche. Elle grignota le coin de l'ongle de son pouce, en coupa un morceau et l'avala.

Elle éclata d'un rire asthmatique.

– Au revoir, petit chose, dit-elle. Au revoir.

Chapitre 5

– Mais c'est lui ! C'est bien lui ! Maloney l'Unique, lalalala…

La bande de Cody se mit à chanter et à danser sur ces paroles, en riant à gorge déployée.

– Ici, tigre ! Ici, petit tigre !

– Marche la tête haute, dit Corinna. Ne fais pas attention à eux.

Elle tourna un instant la tête dans leur direction et cracha. Elle parla à Joe de Nanty Solo. Une année, la vieille femme avait souffert de douleurs lancinantes dans sa tête. Des médecins avaient ouvert son crâne et enlevé quelque chose. A la suite de quoi, Nanty était devenue aveugle et s'était mise à pleurer et à dire qu'ils lui avaient enlevé son âme. Corinna raconta que le bruit courait qu'elle avait été ouverte une seconde fois par Hackenschmidt qui avait introduit dans sa tête un nouvel élément – certains disaient une araignée, d'autres un crochet de serpent, d'autres encore une goutte de sang de tigre ou les larmes d'un ange. En tout cas, il aurait refermé son crâne et après cette opération son état se serait beaucoup amélioré et elle serait devenue capable de voir à travers la membrane voilant ses yeux les secrets les plus profonds du cœur humain.

Joe s'efforça d'écouter. Il sentait ses griffes, son cœur puissant. Il maudissait ses gros souliers, sa démarche embarrassée, sa sottise, son stupide déguisement qui n'avait trompé personne. Après cette journée, il serait l'objet de moqueries éternelles tant sa sottise aurait éclaté au grand jour. Il ferma les yeux, imagina ce que faisaient Stanny et Joff. Accroupis près d'un ruisseau rapide, ils fumaient des cigarettes. Joff affûtait une hachette sur une pierre, Stanny faisait de même avec un couteau. Ils échangeaient des sourires radieux. Il aurait dû les accompagner, emporter sa propre hachette et passer sous l'autoroute, traverser les bois, faire l'ascension de la montagne. Il se mit à frapper du poing les stupides rayures peintes sur son visage. Elle attrapa sa main et l'empêcha de continuer. Elle s'arrêta et lui fit face en tenant ses deux mains, à moins de cinquante mètres de la bande déchaînée.

– Tu vaux mieux que tu ne le crois, dit-elle. Tu vaux mieux que celui qu'ils voient en toi.

Il retira ses mains d'un geste brusque.

– J-je sais ce que je vaux ! lança-t-il.

Le visage en feu, il la regarda fixement.

– Maloney l'Unique, lalalala…

Il frémit. Sa tête résonnait de toutes ces voix qui se moquaient de lui, qui lui disaient ce qu'il devrait être, ou ce qu'il pourrait être. Les mots luttèrent sur sa langue pour parvenir à vivre.

– Et je-je-je vaux mieux que ce que toi tu penses que j-je suis ! bégaya-t-il.

Elle toucha de nouveau sa main, mais il la retira.

– C'est pour cette raison que nous avons besoin de ton aide, Joe, dit-elle.

– Mon aide ?

– C'est dans ce but que le tigre est venu te chercher.

Il la regarda en soupirant. Il ignorait ce qu'elle voulait dire, mais il savait lui-même que le tigre avait un but, qu'il était venu le chercher, qu'il lui avait lancé un appel. Et il sentait la fourrure sur sa peau. Il sentait le cœur battant puissamment dans sa poitrine.

– Nous avons du mal à comprendre, chuchota-t-elle, mais parfois ce qui compte le plus est mystérieux. Nous n'avons pas de mots pour le nommer. Mais nous avons besoin de quelqu'un comme toi, Joe. Non, nous avons besoin de toi.

Il plissa les yeux, regarda au plus profond de son être. Il vit d'autres mondes, d'autres vies. Il sut que Corinna avait en elle des alouettes et des tigres. Que son esprit était capable de se déployer jusqu'aux Rochers de l'Os Noir et encore bien au-delà.

– Depuis toujours, continua-t-elle à voix basse, il est dit que le jour où le cirque touchera à sa fin nous aurons besoin de quelqu'un qui ramène les bêtes dans la forêt. Ce sera le seul moyen pour le cirque d'être vraiment fini, le seul moyen pour nos cœurs d'être vraiment en paix. C'est à ce prix que nous pourrons songer à recommencer.

– Mais il n'y a pas de bêtes s-sauvages.

Elle se tut. Ses yeux rencontrèrent ceux de Joe, et il hocha la tête. Il savait qu'il y aurait toujours des bêtes sauvages.

Soudain, la voix de sa maman retentit.

– Joe ! Joe !

Ils se retournèrent. Elle sortait de la Tranchée et s'avançait vers eux.

– Joseph !

Il vit la terreur dans ses yeux. Il voulait courir vers elle, se réfugier dans ses bras et rentrer en hâte avec elle à Helmouth, à la maison. Il voulait se dépouiller de sa défroque de satin noir, se dépouiller du tigre, pour n'être plus de nouveau que le Joe Maloney de son existence ordinaire.

Elle ralentit en approchant.

– Tu m'as abandonnée en pleine nuit, Joe. Comment as-tu pu me laisser seule dans la nuit ?

Elle resta à quelques pas de lui.

– Comment as-tu pu, Joe ?

Il se mordit les lèvres. Ses yeux se remplirent de larmes.

– Et regarde dans quel état tu es. Qu'est-ce qui t'arrive, mon garçon ?

– J-j'ai fait un rêve, maman.

– Oh, Joe ! Et tu n'aurais pas pu venir me réveiller comme d'habitude ?

– Je l'ai trouvé, dit Corinna.

– Trouvé ?

– Il était…

– Et qui es-tu, d'abord ?

– Corinna, l'amie de Joe. Je l'ai trouvé à l'aube.

La maman de Joe resta immobile, muette, les yeux fixés sur son garçon.

– J-j'ai pas pu m'en empêcher.

Elle s'approcha de lui, le prit par les épaules.

– J-j'essaie de…

– De quoi, Joseph ?

– De… grandir, maman.

– C'est vrai, Joe ? C'est pour ça que tu te mets dans des états pareils ?

La chanson recommença à résonner à travers les terrains vagues.

– Maloney l'Unique, lalalala !

– Laissez-le tranquille, chuchota-t-elle sans se retourner. Joe Maloney en vaut mille comme vous.

Elle toucha son visage peint.

– C'est ton œuvre ? demanda-t-elle à Corinna.

– Oui.

La maman de Joe secoua la tête.

– C'est vraiment un drôle de type, mon Joe Maloney.

– Il va très bien, assura Corinna. Je veille sur lui.

Joe se redressa et leva la tête.

– J'ai pas besoin qu'on v-veille sur moi. Je vais t-très bien. Je vais simplement rester ici, près de la t…

– Tente, compléta sa maman.

Elle soupira.

– Tu m'as fait une de ces frayeurs.

Elle cligna des yeux.

– Est-ce ainsi que les choses doivent se passer ? s'interrogea-t-elle. Est-ce ce qui est censé se produire quand un garçon grandit ?

La bande de Cody se remit à chanter son couplet sur Joe.

– Écoutez-les. Ces brutes sans cervelle. Faudrait-il qu'il devienne comme eux en grandissant ?

Elle tint son fils à bout de bras.

– Non, chuchota-t-elle. Il faut qu'il demeure en grandissant le garçon bon et loyal qui s'appelle Joe Maloney.

– Je vais r-revenir, maman. Je ne pars pas.

Ils étaient tous trois immobiles. Ils se regardèrent.

– Permets-moi de r-rester, implora Joe.

Sa maman leva les yeux, observa le chapiteau, les affiches, le ciel vide du matin.

– Tu me donnes tant de soucis, dit-elle. Depuis toujours. J'ai su dès le début qu'il y aurait des conflits, des luttes, des…

– Fichez le camp, sales bohémiens ! cria la bande de Cody. Allez installer votre cirque ailleurs !

Il y avait une seconde bande : celle de Bleak Winters. Ils s'étaient rassemblés à un autre bout du terrain vague.

– Le cirque est synonyme de cruauté ! scandèrent-ils. Rendez leur liberté aux animaux !

– C'est comme ça partout où vous passez ? demanda la maman de Joe.

Corinna acquiesça de la tête.

La maman de Joe regarda de nouveau le chapiteau.

– C'est vraiment une jolie tente, n'est-ce pas ?

– Oui, dit Corinna.

– Ce garçon marche au beau milieu de la nuit. Il se rend dans des endroits où les autres n'oseraient pas aller.

Corinna hocha la tête.

– Tu resteras avec lui ?

– Oui.

– Alors tu peux y aller, Joe.

Elle serra son fils dans ses bras.

– Voici une fille qui pourrait bien avoir autant de cœur que toi. Reste avec elle.

– Oui, dit-il.

– Et n'oublie pas que je ne suis jamais loin.

Elle sourit tristement, les yeux brillants.

– Amène Corinna à la maison, Joe. Viens déjeuner avec ta nouvelle amie !

Elle embrassa Joe et se détourna.

Corinna souleva la porte de toile du chapiteau.

Chapitre 6

La tente semblait très haute, beaucoup plus haute qu'avant. Le soleil, la lune et les étoiles pâlis semblaient terriblement lointains. La voûte bleue était aussi vertigineuse que le ciel et Joe s'accroupit et pressa ses mains sur la paille et la sciure, comme pour reprendre appui sur la terre ferme.

Corinna pouffa.

– Des regrets ?

– Non.

Il s'efforça de calmer son cœur, d'apaiser sa respiration.

– Aucun r-regret.

– Alors allons-y.

Elle ôta son imperméable et le jeta par terre.

– Attends ici. Tu me regardes et ensuite tu fais la même chose. D'accord ?

Elle entreprit de grimper sur l'échelle de corde du pilier central. Il vit ses pieds s'incurver sur les échelons, ses orteils agripper la corde. Il vit la force des muscles déliés de ses bras et de ses jambes.

Au bout d'un moment, elle interrompit son ascension.

– C'est facile, dit-elle. Et tomber aussi est facile. Le sol te semblera très loin, mais le filet amortira ta chute et tu ne te feras pas mal. C'est entendu ?

Il hocha la tête.

– Quand tu l'auras fait une fois, tu auras envie de recommencer sur-le-champ. Crois-en mon expérience, Joe.

Elle se remit à grimper, dépassa le filet et atteignit enfin la plate-forme.

– Il n'y a aucun danger, lança-t-elle.

Sa voix résonnait dans l'air bleu immobile.

– Tu t'élances comme si tu allais voler. Tu cambres ton corps en tendant les bras en avant. Il faut que ton corps soit aérodynamique, aussi beau et élégant que possible. Mais même si tu tombes comme un dindon pris de panique, le filet amortira ta chute. D'accord ?

– D'accord.

Elle s'élança, la tête dressée, le corps cambré, les bras tendus comme pour attraper le soleil, la lune et les étoiles. Il regardait de tous ses yeux. Il voulait l'imiter mais aussi saisir l'instant où elle ne serait plus visible, où elle disparaîtrait. Mais elle ne disparut pas. Elle tournoya dans le vide, pressa ses genoux contre sa poitrine et atterrit sur ses épaules dans le filet qui soupira en l'accueillant à l'abri de tout danger.

D'un bond, elle rejoignit Joe.

– Tu... tu étais là tout le temps, dit-il.

– Bien sûr. Je ne suis pas assez bonne. Ce n'est que dans mes rêves que je suis capable de disparaître.

Il se mit à dessiner dans la sciure du bout des pieds.

– Mais qui sait si Joe Maloney n'a pas un talent de naissance ? Qui sait s'il ne disparaîtra pas dès son premier saut ?

Elle lui adressa un grand sourire.

– Il n'y a qu'un moyen de le savoir.

Elle s'agenouilla et entreprit de dénouer le lacet de son soulier gauche.

Il recula.

– Tu crois que tu pourras voler en gardant ces énormes machins, Joe ?

Elle s'empara de nouveau de son pied et ôta le soulier pesant. Joe rougit en sentant sa propre sueur, mais Corinna se contenta de sourire en enlevant également sa chaussette. Ses ongles de pied étaient noirs de crasse, de même que sa cheville.

– Tu as de jolis pieds, Joe, observa-t-elle.

Il sourit.

Elle enleva son autre soulier et sa chaussette. Elle frotta ses pieds avec tendresse.

– Enfermer dans ces horreurs de mignons petits petons comme ça !

Elle ôta ses ballerines et resta debout près de lui en mettant ses pieds près des siens.

– Nous pourrions presque être des j-jumeaux ! dit-il.

– Ça alors ! C'est vrai.

Elle s'agenouilla de nouveau et lui enfila ses ballerines.

– C'est mieux, non ? Mille fois plus léger. Avec ça, tu peux voler.

Il fléchit ses orteils, se mit sur la pointe des pieds.

– Merveilleux, chuchota-t-il.

– Allez, à toi de monter là-haut.

Il fit osciller en tous sens l'échelle en grimpant, se fraya péniblement un chemin à travers le filet.

– Tu rappelles un tout petit peu un dindon, dit-elle, mais continue de grimper. Ne pense à rien d'autre.

Il s'efforça de fixer son regard sur la voûte de la tente, mais il ne pouvait s'empêcher de baisser les yeux sur ses pieds maladroits, les échelons étroits et la silhouette de Corinna ne cessant de rapetisser. Puis les alouettes en lui se mirent à chanter, l'aidèrent à se hisser sur la plate-forme. Une fois dessus, il resta debout et s'accrocha au pilier. Ses genoux tremblaient.

Il distinguait à ses pieds dans la pénombre bleue le visage de son amie tourné vers lui. Les yeux de Corinna brillaient. Autour d'eux, le chapiteau étoilé tournoyait.

– Écoute-moi, Joe. Regarde droit devant toi le vide au-dessus du filet.

Il regarda droit devant lui.

– Tu ne risques rien, Joe. Ce n'est que de l'air, tu ne peux pas te blesser avec de l'air. Et ensuite le filet t'empêchera de te faire mal.

Il essaya de respirer profondément, lentement.

– C'est peut-être vrai, Joe. Qui sait si dans une autre vie, celle d'avant ta dernière vie, tu n'as pas été le plus grand trapéziste que nous ayons connu ?

Les alouettes en lui planaient très haut dans l'espace bleu et chantaient, chantaient.

– Nous étions peut-être ensemble, Joe, des jumeaux vêtus de costumes étincelants. Nous voltigions dans le vide et nous rattrapions au vol pendant qu'à nos pieds des tigres rugissaient.

Il vacilla au bord de la plate-forme. Il entendait le grondement effrayant, le rugissement qui semblait sortir du fond d'une caverne obscure plutôt que d'une gueule ouverte. Sa tête tournait. Il baissa les yeux et vit des tigres rôdant sur la piste comme dans une cage, zébrant l'air de leurs griffes, menaçant de déchirer leurs dompteurs.

– Aie confiance, Joe. Saute.

Il s'élança. Les bras tendus, comme pour attraper le soleil. Il s'effondra dans le filet.

Son corps gauche et tordu resta étendu sur le filet, dont les mailles s'enfonçaient dans sa chair.

– Magnifique ! s'exclama Corinna d'en dessous. Tu as été brillant, Joe !

Il roula maladroitement vers le bord du filet.

A cet instant, l'air dans la tente se mit à trembler. La porte de toile se souleva et Hackenschmidt apparut à contre-jour, comme une immense ombre chinoise.

Chapitre 7

Hackenschmidt les contempla longuement, immobile. Puis il s'avança dans la clarté azurée. Il portait un pantalon bleu, une chemise bleue ornée de fleurs blanches, des chaussures noires luisantes. Ses cheveux et sa barbe étaient soigneusement peignés. Il semblait trois fois plus haut que Joe et trois fois plus gros. Ses bras étaient aussi larges que la taille du garçon et ses mains plus grandes que sa tête. Il se dirigea vers Joe, qui restait figé au bord du filet.

– Descends donc, dit-il.

Sa voix était douce, paisible. Il souleva Joe de ses mains énormes et le déposa avec précaution sur le sol couvert de sciure. Après quoi il remit en ordre son costume de satin, exactement comme l'aurait fait sa mère.

– Tu sais qui je suis ? demanda-t-il.

– H-Hack…

– Hackenschmidt, oui. Le Lion de Russie, le plus grand lutteur de l'histoire. Le champion du monde. Le…

Sa voix s'étrangla et il soupira.

– Quant à toi, tu es Joe Maloney.

– Oui.

– Vous donnerez une nouvelle jeunesse au monde, toi et ma petite Corinna.

Il leva les yeux vers le trapèze.

– Tu es monté là-haut, hein ?

– Oui.

– Tu es un brave.

Il soupira de nouveau. Joe sentit son haleine sur son visage. Le colosse, le garçon maigrelet et la fille au corps souple restèrent un moment immobiles dans la pénombre bleue. Le silence n'était troublé que par la rumeur de leur respiration, le bourdonnement lointain des voitures, les craquements de la tente.

– Écoutez, finit par dire Hackenschmidt à voix basse. Écoutez le bruit si doux, si délicieux, de la toile qui sépare le monde du chapiteau et le monde du dehors. Tu aimes ce bruit, Joe ?

– Oui.

Ils contemplèrent la galaxie à moitié effacée par le temps. Ils respirèrent l'air bleu et la poussière.

– Bientôt, reprit Hackenschmidt, bientôt ce chapiteau n'existera plus. Tout ce qui s'est passé ici sera oublié…

Il claqua des doigts.

– Ce ne sera pas plus difficile que ça !

Son visage s'assombrit.

– Nous avons été d'une telle beauté, Joe. Même moi, même l'affreux Hackenschmidt. D'une telle beauté…

Il sourit tristement et resta longtemps silencieux. Joe le regarda et se détendit en se rendant compte qu'une nouvelle fois il venait de rencontrer un étranger qui lui était mystérieusement familier.

– Je ne suis pas un expert en mots, dit le colosse. Je gronde, je grogne, je grommelle. Pendant toutes ces années, je me suis exprimé à travers mon corps.

Le silence retomba. Hackenschmidt baissa les yeux.

– Monte sur mes mains, chuchota-t-il.

Il s'agenouilla devant Joe et lui présenta ses paumes.

– Allez, monte dessus et ne bouge plus. Fais-moi confiance, mon garçon.

Joe s'avança et monta sur les paumes immenses.

– Imagine que tu fais partie de moi, dit Hackenschmidt. Comme une excroissance de mon corps.

Joe respira profondément quand le géant commença à le soulever. Il chancela et voulut se retenir aux énormes épaules, mais les mains qui le tenaient s'inclinèrent légèrement pour qu'il garde l'équilibre.

– Fais-moi confiance…

Joe se détendit. Il s'élevait de plus en plus haut. Il sentait Hackenschmidt réagir au moindre de ses mouvements, le soutenir, le comprendre. Puis le colosse le reposa doucement sur le sol.

– Nous ne permettrons pas qu'on te fasse du mal.

Joe respirait paisiblement.

– Le tigre est venu te chercher.

– Ou-oui.

– Et moi, tu m'as vu aussi ? Dans l'obscurité, entre

les maisons et les terrains vagues. Tu m'as aperçu ?

Joe retourna dans son rêve. Immobile devant la fenêtre, il contemplait la silhouette massive à l'orée de la Tranchée...

– Tu m'as entendu appeler ? Tigre ! Tigre !

– Oui, j'ai entendu. J'ai cru que je d-dormais, mais...

– Moi aussi, Pendant tout ce temps, je reniflais, je ronflais. Tu as vu Hackenschmidt, Joe Maloney, mais c'était une illusion. Hackenschmidt était perdu dans ses rêves.

Joe soupira. Il ferma les yeux. Il se rappela le tigre, ses yeux luisants, son souffle chaud et aigre, sa langue râpeuse, ses crocs recourbés. Il regarda ses deux amis.

– Je... je vous ai vu. J'ai vu le t-tigre.

– Oui. Hackenschmidt était dans le rêve de Joe Maloney. Joe Maloney était dans le rêve de Hackenschmidt. Le tigre rôdait à la frontière entre nos rêves, et lui seul pouvait la franchir. C'est lui qui t'a trouvé et t'a mené à moi. Tu comprends ?

Le colosse secoua la tête.

– Moi non plus, Joe.

Joe en avait le vertige. Il tituba, les yeux clos. Des alouettes se mirent à chanter au plus profond de lui. Il rêva qu'une main le soulevait au-dessus de la piste couverte de sciure, qu'il planait au milieu des astres de la galaxie, très loin, dans le bleu infini du ciel. Il sentit les grosses mains de Hackenschmidt tenir délicatement sa tête, ses pouces énormes caresser son front.

– Joe ! Joe ! appela tout bas le géant.

– Où étais-tu parti ? demanda doucement Corinna.

Il revint sur terre.

Hackenschmidt le soutenait.

– Tu es arrivé chez toi, Joe, murmura-t-il. Ce tigre a rôdé bien des nuits à travers tous les terrains vagues et les petites villes où nous nous sommes arrêtés ces dernières années. Nuit après nuit, j'ai rêvé qu'il ne trouvait rien, personne. Il errait dans des ténèbres impénétrables, où nul ne le voyait. Mais maintenant, tu es là.

Il sourit.

– Le tigre t'a amené chez toi, Joe. Je suis si heureux que nous t'ayons trouvé. Allons, montre-moi ce que tu as fait.

– Hein ?

– Monte de nouveau là-haut et saute. Vas-y.

– Vas-y, Joe, dit Corinna. Tu sais, Hackenschmidt, nous pensons qu'il a peut-être été trapéziste dans une autre vie. Peut-être même était-il mon partenaire.

– Oui, c'est possible. Ça expliquerait beaucoup de choses.

Il saisit Joe par les épaules.

– Tu n'en as aucun souvenir, cependant ?

– N-non.

– Tant pis. Allez, monte.

Joe escalada l'échelle que le géant tenait bien droite sous ses pieds. Il traversa le filet, se hissa sur la plate-forme. Il agrippa le pilier et s'immobilisa. Regarda l'air qui ne pouvait lui faire mal. Essaya d'imaginer un monde où le chapiteau aurait disparu, où le vide régnerait sans partage pour l'éternité. Ne put l'imaginer. Ferma les yeux et sentit s'approcher le tigre avec sa puanteur, ses grondements. Ferma les yeux et entendit la voix de Hackenschmidt.

– Nous avons besoin d'un garçon au cœur de tigre. Nous avons besoin d'un héros. Nous avons besoin de toi, Joe.

Joe vacilla.

– Saute, maintenant! cria le colosse. Vas-y, Joe Maloney, élance-toi!

Il s'élança. Il sauta dans le vide comme s'il laissait derrière lui toutes ses peurs, tous ses désarrois, comme s'il s'élançait dans un monde qu'il avait cherché tout au long de ses journées et de ses nuits d'errance à travers les terrains vagues. Il se tendit vers le vide, il semblait que rien ne pourrait jamais interrompre sa chute, qu'elle allait se prolonger encore et encore.

Le filet gémit sous son poids. Joe roula jusqu'au bord. Seule Corinna le regardait d'en bas. Hackenschmidt s'était volatilisé, comme si sa présence n'avait été qu'une illusion.

Chapitre 8

Corinna enfila en riant les gros souliers de Joe, se leva et se mit à danser d'un air balourd.

– Quand j'étais petite, il faisait danser autour de mes pieds des ballerines argentées en me disant de les imiter. Je savais à peine marcher. C'est mon premier souvenir. Je me trouvais ici même, et il répétait : « Danse, danse, danse ! »

– Hackenschmidt ?

– Oui, Hackenschmidt.

Ils étaient assis sur la barrière de bois faisant le tour de la piste. Le soleil brillait plus fort à travers la toile bleue. On entendait le fracas des voitures au loin, et à l'extérieur de la tente l'écho assourdi de cris hostiles.

– Il me soulevait et me jetait en l'air. Il me faisait faire la roue et des sauts périlleux. Il brandissait des barres de métal en me disant de m'y accrocher d'un bond et de m'y balancer. J'avais des cerceaux pour passer à travers, des cordes pour grimper, des anneaux pour me suspendre. Et il ne cessait de m'encourager. « Vas-y, Corinna. Saute, Corinna, élance-toi à travers ce cercle. Sois aussi gracieuse qu'une hirondelle, aussi brave qu'un tigre, aussi forte qu'un ours... » C'est lui qui a fait de moi ce que je suis.

– Pas ta m... ?

Elle secoua la tête.

– Je me souviens qu'elle restait immobile à l'entrée de la tente, qu'elle nous regardait en silence. Mais la plupart du temps, j'étais seule avec Hackenschmidt.

Elle haussa les épaules.

– Peut-être a-t-elle cessé de s'intéresser à moi dès qu'elle a compris que je n'étais pas assez bonne.

– Mais tu es br...

– Brillante ! Si c'était vrai...

Elle dessina dans la sciure du bout de ses pieds nus.

– Pendant que tu étais enfant à Helmouth, j'étais enfant dans ce chapiteau et passais ma vie à voyager. Tu crois qu'il existait un lien entre nous dès ce temps-là ?

– Hein ?

– Il manquait toujours quelque chose. Je sentais une nostalgie en moi. Peut-être l'envie d'avoir un jumeau, comme l'a dit Nanty. J'aurais voulu être avec quelqu'un qui serait comme moi. Tu as sûrement connu ce sentiment, Joe.

Il hocha la tête.

– Oui. J'avais le même s-sentiment.

– Notre rencontre n'est pas un hasard. Nous nous connaissons depuis...

– L-longtemps, très longtemps.

Elle continua de dessiner du bout des pieds. Un cochon dodu se glissa sous la porte et trottina vers eux.

– Bonjour, Petit Patapouf ! lança-t-elle.

Le cochon répondit en grognant et en reniflant.

– Nous avions des licornes, quand j'étais enfant, reprit-elle.

– Des licornes ?

– Tu les as vues sur le mur, chez Nanty Solo. Elles étaient secrètes.

Elle tendit sa main au cochon et le laissa fourrer son museau contre ses doigts. Joe pensa à ses propres licornes. Il les connaissait depuis qu'il était tout petit. Il les voyait dans ses rêves, en train de vagabonder dans la Forêt Argentée.

– Nous ne pouvions pas les laisser sortir, dit-elle. Elles se promenaient ici, sautaient sur les sièges, folâtraient sur la piste. Elles étaient adorables, exactement comme toi, Petit Patapouf.

– Où les aviez-vous tr…

– Où nous les avions trouvées ?

Elle haussa les épaules.

– En fait, elles étaient ravissantes mais ce n'étaient pas des vraies. C'étaient des chèvres blanches d'Andalousie qu'on nous avait vendues toutes petites. Hackenschmidt avaient enlevé leurs deux embryons de cornes et en avait greffé une seule au milieu de leur front.

Le cochon se mit à lécher et Corinna pouffa de rire.

– Et elles ont p… ?

– Tu les as vues. Elles ont poussé comme des cornes uniques de licornes. Certaines étaient toutes tordues, mais certaines d'entre elles étaient aussi droites qu'on pouvait le souhaiter. Nous voulions faire un numéro avec elles, histoire d'arrêter un peu le déclin du cirque. Mais les associations de protection des animaux ont eu vent de l'affaire, de sorte que nous avons dû les cacher. Ces licornes étaient d'une douceur d'ange. Patapouf !

Joe regarda autour de lui en imaginant de douces licornes gambadant sur la piste. Il croyait entendre leurs bêlements plaintifs. Des créatures qui n'étaient pas censées exister, qui ne vivaient que dans les rêves et dans les contes… Il sentit soudain le museau du cochon qui reniflait ses petits pieds.

– Patapouf ! s'exclama Corinna en riant.

Elle sourit à Joe.

– On raconte que les gens d'un cirque avaient fait la même chose avec des enfants. Ils avaient greffé des cornes au milieu du front de bébés pour les transformer en faunes. Nous avions un clown dans le temps qui prétendait avoir vu ces faunes lors d'une représentation, dans un village de Roumanie.

Des faunes. Eux aussi étaient familiers à Joe. Mi-bêtes, mi-hommes, il les apercevait quand ils traversaient les ombres entre les arbres.

– Il m'arrive de rêver que Hackenschmidt m'a infligé le même traitement. Quand je me réveille, je me touche le front et je m'attends à y découvrir des cornes.

Elle repoussa ses cheveux en arrière.

– Tu vois quelque chose ?

Joe regarda. Il secoua la tête. Il toucha avec tendresse son front du bout des doigts. Rien, sa peau était intacte, couverte de taches de rousseur et si douce.

– Il n'y a r-rien.

– Cela fait plusieurs années que Hackenschmidt a supprimé les licornes. Il les a noyées. C'était mieux ainsi, d'après lui, elles n'avaient pas leur place dans ce monde brutal. Il a dit que leurs esprits trouveraient peut-être un endroit plus accueillant s'il les libérait.

Elle caressa le cochon.

– Qui sait s'il n'existe pas un petit monde délicieux tout près de nous, où vivent des tas de faunes et de licornes ? Qu'en penses-tu, Patapouf ?

Il approcha son museau et la lécha en poussant des grognements.

– Bien sûr, s'exclama-t-elle. Il est aussi peuplé de petits cochons dodus.

Elle s'élança soudain et fit la roue tout autour de la piste tandis que Joe tâtait son front, les yeux fermés, à la recherche d'une cicatrice ou d'une bosse. Il rêva que des cornes poussaient sur sa tête, qu'il était une créature vivant dans un autre monde, tout près de celui-ci, ou dans le rêve ou le conte d'un inconnu. Je suis ainsi, pensa-t-il, mi-bête, mi-homme. Je peux voir pousser sur moi des cornes, une fourrure ou des plumes.

Corinna s'immobilisa devant lui.

– Tout au fond du cirque, il existe un cœur secret.

Il la regarda fixement.

– Secret ?

– Dans le cirque et aussi en toi-même. C'est lui notre but.

Joe continua de la fixer sans rien dire.

– Nous nous rapprochons de ton cœur secret. Je dois t'amener à lui. C'est pour cela que le tigre est venu.

Il soutint son regard.

– Nous allons avoir besoin de toi, Joe. Peux-tu rester toute la nuit ?

Chapitre 9

La bande installée dans la Tranchée vint se placer devant l'entrée pour leur barrer le passage. Ils tenaient des canettes de bière dans leurs poings d'un air indolent. Ils penchaient la tête sur le côté et exhalaient des nuages de fumée. Mac Bly se mit à gesticuler comme s'il était pris de panique. George Carr cria que les tigres étaient lâchés. Jug Matthews siffla en voyant les jambes de Corinna et se moqua de ses gros souliers.

– Vite, enfermez vos gosses ! s'exclama Goldie Wills. Les monstres arrivent !

Joe et Corinna continuèrent d'avancer. Ils se frayèrent un chemin au milieu des bourrades et des coups de coude. Des voix chuchotaient des commentaires méprisants sur leur passage, des yeux les lorgnaient, les défiaient. L'air était chargé de relents d'alcool, de tabac et de drogue. Les voyous chantaient leur couplet à mi-voix, d'un ton menaçant.

– Maloney l'Unique, lalalala…

Les quolibets pleuvaient, grossiers et cruels :

– Alors, Maloney, on est avec les bohémiens maintenant ? Te v'là avec les parasites, les vagabonds, les clochards, les voleurs ! T'as enfin trouvé ta place, hein ? La seule place où t'es plus le seul et l'unique, pas vrai ?

Mais il sembla à Joe qu'ils cachaient mal leur étonnement, et même leur peur.

– Laissez-nous… p-passer ! bégaya-t-il.

– Attention ! Maloney prend la mouche !

– Dégagez ! s'écria Corinna.

– V'là que cette sale petite bohémienne s'énerve aussi !

Goldie se mit à danser autour d'elle en brandissant ses poings.

– Allez, sale bohémienne ! brailla-t-elle. Viens donc, qu'on s'explique ensemble !

– Ils sont aussi trouillards l'un que l'autre ! s'exclama Plug en riant. Poules mouillées !

– Poules mouillées ! reprirent les autres en chœur.

Toute la bande se mit à caqueter et à agiter les coudes frénétiquement comme des volailles sans cervelle.

Ils passèrent à travers, poursuivis par les insultes, les chuchotements, le couplet railleur.

Corinna passa sa main sur son corps comme pour essuyer de la saleté.

– Ils sont tous comme ça, dans le coin ? demanda-t-elle d'un ton mordant.

Joe haussa les épaules.

– Et tu vis au milieu de ces gens-là ? Ce ne sont que des âmes perdues ! Des âmes perdues !

129

Elle cracha et enfouit la salive dans la poussière avec ses souliers.

Ils s'engagèrent dans la rue bordée de maisons blafardes. Les trottoirs défoncés étaient aussi sales que les caniveaux. Les haies semblaient n'être jamais taillées. A la grille d'un jardin, des enfants jouaient à sauter par-dessus un élastique. En voyant s'approcher le garçon au visage de tigre et la fille en costume de trapéziste, ils furent pris de stupeur et ouvrirent de grands yeux brillants. Ils tendirent leurs mains pour toucher les deux étranges passants, et Corinna s'arrêta. Elle se pencha pour ébouriffer leurs cheveux.

– Allons, ils ne sont peut-être pas tous perdus, dit-elle.

Elle sauta avec eux par-dessus l'élastique, avec une grâce merveilleuse.

Elle leur montra comment sauter les bras écartés, les pieds tendus, la tête penchée, et les plus hardis l'imitèrent.

– C'est parfait, s'exclama-t-elle. Vraiment splendide ! Pensez à des oiseaux, à des fées, à des anges. Laissez leur image prendre vie dans votre corps. Très bien, voilà, c'est magnifique. Vous êtes doués, bravo !

Ils repartirent, mais leur souvenir resta vivant dans la mémoire des enfants malgré le passage des années.

Ils s'arrêtèrent devant la grille.

– Ma m-mais… dit Joe.

Près de la porte d'entrée, une longue fissure dentelée se dessinait sur le crépi. En dehors d'une aubépine plantée par la mère de Joe à sa naissance, le jardin était une jungle de chardons, de mauvaises herbes et de fleurs sauvages où des abeilles bourdonnaient et où voletaient quelques papillons rouges. C'était là que Joe rampait quand il était bébé, sous le regard de sa maman assise sur la marche du perron. Elle le serrait dans ses bras quand il revenait en bredouillant des histoires de lapins, d'elfes et de fées. Elle l'installait sur ses genoux et l'écoutait en riant. « C'est vrai ? s'exclamait-elle. Tu as vraiment vu tout ça ? Moi, jamais ! »

Joe respira profondément. Elle avait toujours voulu le voir amener un ami ou une amie à la maison.

– En-entre, lança-t-il.

Derrière la maison s'étendait une pelouse, couverte elle aussi de mauvaises herbes et de fleurs sauvages. Sa maman était installée au milieu. Elle était allongée sur une chaise longue et portait un maillot de bain et des lunettes de soleil. Une petite radio déversait des flots de musique : Tina Turner, sa chanteuse préférée. Une assiette et un verre vides gisaient sur un plateau.

– Maman ! appela Joe. Maman !

Mais la voix de Tina Turner couvrit la sienne.

Il se rappela qu'il avait également exploré à quatre pattes ce jardin de derrière. Il allait jusqu'à la haute clôture, où il découvrait de vrais crapauds et de vraies araignées et où il entendait des fées et des lutins chanter et chuchoter à son oreille. Après quoi il retournait bien vite dans les bras de sa maman, avec une nouvelle provision de récits merveilleux.

Joe resta immobile. Elle apparaissait si jolie, si détendue, abandonnée ainsi au soleil brillant dans l'azur sans défaut. Il avait l'impression d'avoir déjà beaucoup vieilli depuis la nuit précédente.

– Maman ! répéta-t-il. Maman !

Sa voix n'était pas assez forte.

– Qu'elle est jolie ! s'exclama Corinna.

– Ou-oui. Maman !

Un vent léger souffla sur le jardin et elle bougea enfin, chassa une guêpe s'approchant de son visage. Elle s'assit, se retourna et ôta ses lunettes de soleil. Elle le regarda comme s'il n'était pas déguisé, comme si rien ne pouvait l'empêcher de reconnaître son petit Joe au premier coup d'œil.

– Bonjour, mon garçon. Je suis contente que tu aies amené Corinna. Venez vite, avant que je ne sois forcée de filer de nouveau à la Taverne.

Elle passa rapidement un peignoir et s'avança vers eux en souriant.

– Allez, Corinna, entre. Nous n'avons pas grand chose, mais nous te l'offrons de bon cœur.

Chapitre 10

Ils s'assirent à la table de la cuisine, sur des tabourets.

Pendant qu'ils mangeaient du fromage et des tomates, le soleil brillait gaiement par la fenêtre. Corinna regarda autour d'elle, fascinée.

– C'est la première fois que je mets les pieds dans une maison, déclara-t-elle.

– Vraiment ? s'étonna la maman de Joe.

– Vraiment. Je ne connais que les tentes et les caravanes. Il m'est arrivé d'entrer dans un magasin ou un café, mais jamais dans une maison.

Joe observa la cuisine avec un regard nouveau. Il pensa à toutes les pièces qui les environnaient, au toit qui les protégeait, aux fondations solidement ancrées dans la terre.

– Je m'étais toujours demandé à quoi pouvait ressembler l'intérieur. Les murs sont drôlement épais, pas vrai ?

Joe et sa maman ne purent s'empêcher de rire en se regardant.

– Ça fait bizarre de se trouver dans un endroit qui ne bouge pas, continua Corinna.

Elle tapa doucement du pied sur le sol, toucha du bout des doigts le papier peint au motif de fleurs. Elle secoua la tête d'un air stupéfait tout en mâchant sa tartine de fromage. La maman de Joe la regardait avec approbation.

– Tu es vraiment jolie, tu sais, observa-t-elle. Et ton costume me plaît beaucoup. N'ai-je pas raison, Joe ?

Il hocha la tête en rougissant.

– J'aurais tellement aimé être comme toi. Me balancer sur un trapèze, me sentir libre, légère, insouciante. Je parie que tu es douée.

– Elle est brill… affirma Joe.

– Hélas, non, dit Corinna.

– Je faisais du trapèze dans le jardin, quand j'étais petite, raconta la maman de Joe.

Ses yeux brillèrent à ce souvenir.

– C'est drôle, je l'avais presque oublié. Nous avions un cerisier et je me suspendais à ses branches pour me balancer à longueur de journée. Ma mère finissait toujours par me crier de rentrer. Elle disait que je lui donnais le tournis !

Elle éclata de rire.

– Les enfants sont comme ça, pas vrai ? Toujours à jouer, à rêver. Ils sont capables de découvrir des mondes nouveaux et immenses dans le moindre petit jardin ! Et ton père et ta mère, Corinna, que font-ils ?

– Maman est en Russie. Papa… Eh bien, personne n'en sait rien.

– Je vois. Il y en a beaucoup comme lui, de nos jours. Et tu n'as pas de frères et sœurs ?

– Non.

– Mais j'imagine que tu as des tas d'amis au cirque.

– Oui. Sans compter mon nouvel ami, Joe Maloney.

– C'est vrai. Regarde, Corinna. Tu as vu ses œuvres ?

Elle désigna du doigt les dessins de Joe accrochés au mur. Le papier était gondolé, les couleurs pâlies par le temps. Certains remontaient aux années où il quittait sa maman pour vagabonder à quatre pattes à travers les mauvaises herbes, d'autres dataient de l'époque où il explorait les environs du village et en revenait chargé d'une moisson d'histoires pleines de visions et de prodiges. D'une main maladroite, il avait dessiné des créatures nanties d'ailes et de cornes.

– Ils sont beaux, n'est-ce pas ? dit sa maman.

– Magnifiques, confirma Corinna.

Elle toucha la main de Joe.

– Vraiment magnifiques.

Il haussa les épaules.

– C'est des trucs d'il y a l…

– Longtemps. Je les trouve splendides.

La maman de Joe regarda sa montre.

– Il va falloir que j'y aille. Les buveurs m'attendent dans une demi-heure. Alors, qu'avez-vous prévu pour la suite de la journée ? Tu comptes te transformer en trapéziste, Joe Maloney ?

Elle sourit à son visage rayé de couleurs.

– A moins qu'ils ne te fourrent dans une cage ?

– Je vais d-dompter les tigres, lança-t-il en riant.

– Rien que ça ? Je croyais que tu m'avais dit qu'il n'y avait pas de tigre.

135

– Bien sûr que si. Des d-douzaines.

– Eh bien, essaie de ne pas mettre ta tête dans leur gueule, au moins le premier jour.

– D'accord, maman.

Elle caressa sa tête.

– Fais attention à toi, là-bas. Et n'embête pas les gens.

– D'accord, maman.

Il se lécha les lèvres.

– Maman…

– Oui, mon chéri ?

– Est-ce que je pourrais r-rester là-bas cette nuit ?

– C'est donc ça que tu complotais, Joe Maloney ? C'est pour ça que tu as amené ta nouvelle amie ?

Joe haussa les épaules.

– Nous lui avons tout montré, intervint Corinna. Le trapèze, les chiens, tout. Ce serait merveilleux s'il restait. Tout le monde l'aime.

La maman de Joe réfléchit.

– Nous sommes des gens bien, vous savez, continua Corinna. Il ne faut pas croire ce que racontent certains.

– Ne t'inquiète pas, mon petit chou, je le sais bien. Je ne suis pas comme ceux à qui tu penses.

Elle passa la main dans les cheveux de Joe.

– Tu en as envie, pas vrai ?

Il hocha la tête. Elle regarda par la fenêtre le chapiteau surgissant à l'horizon, aussi bleu que le ciel.

– Je t'imagine tellement bien dans un cirque.

Elle sourit.

136

– Si tu avais entendu ce qu'il racontait quand il était petit, Corinna. Il en raconte toujours autant, d'ailleurs.

Elle soupira et observa attentivement la jeune fille.

– Tu es une bonne petite, dit-elle enfin. Écoute-moi, Joseph Maloney. Tu feras ce que te dira Corinna. D'accord ?

– D'accord.

Elle ramassa ses clés sur la table.

– Maman ! s'écria Joe.

– Hum ?

Il voulait lui parler du tigre, de Hackenschmidt et de Nanty Solo. Il voulait lui dire qu'il était déjà changé et qu'il le serait encore davantage quand elle le reverrait. Mais il bégaya, poussa un soupir et se contenta finalement de la regarder.

Elle lui sourit avec sa douceur coutumière.

– Viens ici, dit-elle.

Elle le serra contre elle près de la table de la cuisine.

– J'ai vraiment mis au monde un phénomène !

Il rit doucement.

– Sois prudent.

– Oui.

– Et je veux te voir de retour ici demain à la première heure. Entendu ?

– Entendu.

– Je n'ai pas envie que tu te fasses manger par les tigres, moi.

– M-moi non plus, maman.

Chapitre II

Immobiles devant le chapiteau, Joe et Corinna regardaient les Rochers de l'Os Noir se dresser au-delà de l'autoroute. A l'intérieur, la représentation battait son plein. De nouvelles affiches avaient été accrochées sur la tente et les panneaux.

DERNIER JOUR, DERNIER JOUR, DERNIER JOUR

Le public était occupé à tourner en ridicule Wilfred et ses chiens. Le soleil déclinait déjà lentement à l'occident de la terre. Joe imagina Stanny et Joff en pleine nature, invisibles au milieu du paysage immense se déployant loin de Helmouth. Cette nuit, une flamme minuscule, une fumée légère révéleraient seules leur présence. Cette lueur attirerait des papillons et aussi des créatures plus grandes dont les ombres s'épanouiraient dans les ténèbres. Il frissonna. Il croyait voir le pouce de Joff caresser la lame de sa hachette, les gouttelettes de sang sur la peau.

Il leva les yeux vers le ciel au-dessus des Rochers.

– Tu… les v-vois ?

Il pointa son index dans leur direction.

– Quoi donc, Joe ?

– Ils volent.

Il suivit du doigt leurs évolutions dans l'air. Des créatures minuscules, si lointaines, que même sa mère n'avait jamais reconnu avoir vues.

– Des oiseaux ? demanda Corinna. Peut-être des aigles ?

Il secoua la tête avec lenteur, continua de regarder en pointant du doigt l'horizon.

– Ce ne sont pas des oiseaux ? insista-t-elle.

Ils s'élevaient en tournoyant au-dessus des Rochers.

– Qu'est-ce que c'est, Joe ?

Il haussa les épaules. Un jour, il avait vu Bleak Winters armé de jumelles dans la cour de Hangar's High. Un petit de première année avait bondi près de lui en montrant du doigt le ciel. « Regardez, monsieur, regardez bien. Ils sont là ! Ils sont vraiment là ! » Bleak avait éclaté de rire. Il avait abaissé les jumelles sans cesser de sourire. Des corbeaux, des busards, des aigles, rien d'autre que l'air vide. Il avait poussé un grognement et donné une bourrade au petit. « Idiot. Tu n'es qu'un rêveur. »

Corinna s'appuya contre Joe, lova sa tête contre la sienne, comme pour voir à travers les yeux de son ami.

– Je les vois, mais….

– Tu les v-vois ?

Ils avaient traversé toutes les années de son

enfance, ils avaient battu des ailes dans l'azur lointain, volé à travers ses rêves. Alors qu'il n'était qu'un bébé dans sa poussette, que sa maman promenait près de l'Étang Sanglant ou le long du Remblai de la Jambe Perdue, il levait sans cesse son doigt potelé. « Qu'est-ce que tu vois ? murmurait-elle en se penchant pour regarder ses yeux avides, excités. Qu'est-ce que tu vois là-bas ? Si seulement tu avais les mots pour me le dire, Joe… »

– Tu les vois ? demanda-t-il de nouveau à sa nouvelle amie.

– Oui, mais… Ce ne sont pas des oiseaux. De quoi s'agit-il, Joe ?

Joe s'empara de sa main. Il bégaya, fixa l'horizon, secoua la tête. Il ignorait de quoi il s'agissait. Tout ce qu'il savait, c'était qu'ils existaient là-bas, très haut, aux confins de son esprit, qu'ils volaient à la frontière de la terre et du ciel. Une joie soudaine le fit frissonner, comme chaque fois qu'ils lui apparaissaient, depuis les jours lointains de son enfance. Il renversa la tête vers le ciel, ferma les yeux et sentit sa joie s'accroître par la présence à son côté de quelqu'un qui les voyait aussi.

– Cor… inna, chuchota-t-il. Corinna. Tu v-vois.

– Oui.

– Et tu entends ?

Il pencha la tête sur le côté et perçut les étranges murmures, les chuchotements qui semblaient comme la rumeur très douce de créatures toutes proches.

– Entendre quoi ? demanda-t-elle.

Elle pencha à son tour la tête. Elle le regarda dans les yeux, se blottit contre lui en essayant d'entendre par les oreilles de son ami.

– Une rumeur... chuchota-t-elle.

– Oui.

– On dirait des... des animaux. Non, pas exactement. Plutôt des...

– Ou-ou...

– Des oiseaux?

– Oui. D-des alouettes.

Elle sursauta et ouvrit soudain de grands yeux. Joe comprit que les alouettes criaient en elle comme elles le faisaient en lui, qu'elles se déchaînaient dans son cœur et entraînaient son esprit loin au-dessus de la terre meurtrie de Helmouth.

– Cor... inna, dit-il. Corinna!

Ils entendirent un rugissement, un cri de haine et d'angoisse.

– Hackenschmidt, s'exclama Corinna. Ils le mettent déjà dans sa cage. Viens, il faut que je me dépêche.

Chapitre 12

Joe prit place sur un tabouret à l'entrée du passage des artistes. Corinna s'assit près de lui et entreprit de nouer les lacets d'une nouvelle paire de ballerines argentées.

Charley Caruso apparut. Il regarda fixement le visage de tigre du garçon et murmura :

– Tomasso ! Tomasso !

Joe secoua la tête et Charley leva les mains en un geste d'excuse plein de tristesse.

Puis ils virent arriver Wilfred, un chien minuscule dans les bras.

– Tu es Joe, n'est-ce pas ? dit-il de sa voix douce et timide.

Joe fit oui de la tête.

– Quel bon garçon, s'exclama Wilfred. Aussi beau que courageux.

Puis il serra Corinna dans ses bras.

– Voici le dernier jour. Qu'allons-nous devenir ensuite ?

Elle haussa les épaules et soupira.

– Nous nous soutiendrons les uns les autres, reprit-il. Peut-être dénicherons-nous un petit monde fait exprès pour les phénomènes dans notre genre, et le reste de notre vie ne sera qu'une longue partie de plaisir.

Il sourit et embrassa le chien miniature.

– Nous vivons dans un monde cruel, Nellie. Tellement, tellement cruel.

Un peu plus loin, Hackenschmidt était assis par terre dans sa cage. Il se taisait.

A l'autre bout du passage, sur la piste, un clown coiffé d'un chapeau de cow-boy jaune faisait mine de chevaucher le cochon Patapouf comme un cheval sauvage. Un autre clown lui versa des seaux d'eau dans son pantalon, avant de jeter sur la foule de petits morceaux de papier qu'il puisait dans un panier.

Le public clairsemé s'étalait sur les bancs et s'ennuyait.

Des gars venus du lotissement faisaient parade de leurs muscles et échangeaient force bourrades et coups de poing.

– Amenez la brute ! braillaient-ils. On veut voir cette maudite bête !

Certains n'étaient là que pour le combat. Des hommes fixaient la piste en silence et rêvaient à la tactique qui leur permettrait de venir à bout de Hackenschmidt et de gagner les mille livres.

Quand les clowns eurent fini, Corinna inspira profondément, se mit sur la pointe des pieds et s'élança sur la piste. Joe la vit grimper au sommet du chapiteau. Elle dansa sur des cordes et des balançoires. Elle écarta les bras et marcha d'un bout à l'autre du fil tendu au-dessus du vide, au son d'un roulement de tambour. Ses bras s'ouvrirent comme les ailes d'un oiseau, elle sourit à Joe, salua.

– Dehors la bohémienne ! hurla le public. On veut voir la brute !

Elle plongea dans le filet, accompagnée par de maigres applaudissements, et retourna en courant auprès de Joe.

– Tu as été m-magn…

– Non, et de toute façon, même si j'avais été bonne, ils ne s'en seraient pas rendu compte.

Elle jeta un regard courroucé sur les gradins. La foule réclamait à grands cris Hackenschmidt.

– Je ne veux pas voir ça. Allons dehors, Joe.

Elle s'approcha de la cage qu'on traînait déjà vers la piste. Hackenschmidt prit sa main et fit signe à Joe de les rejoindre.

– La nuit va bientôt tomber, dit-il. Allez vagabonder. Soyez des enfants, amusez-vous.

Corinna effleura son visage avec tendresse et embrassa sa main.

– Ne t'inquiète pas, lui dit-il.

– Oh, Hackenschmidt. Je ne veux pas qu'ils te fassent du mal.

Il hocha tristement la tête, puis il trempa ses doigts dans un bol empli d'un liquide rouge sang dont il s'enduisit le visage. Lorsque Joe et Corinna le quittèrent, il avait déjà commencé ses mugissements et la foule hurlait sa joie sanguinaire.

Chapitre 13

Le ciel s'assombrissait. Le soleil luisait comme un ballon orange, des nuages orangés s'étiraient au-dessus des Rochers. Sur la Montagne d'Or, les ombres s'allongeaient. La Forêt Argentée s'enfonçait peu à peu dans l'obscurité. Ils longèrent d'un bon pas les affiches proclamant :

CIRQUE HACKENSCHMIDT.
LA DERNIÈRE TOURNÉE.
VOTRE DERNIÈRE CHANCE.
A voir MAINTENANT ou JAMAIS.
DERNIER JOUR, DERNIER JOUR,
DERNIER JOUR

Ils dépassèrent les panneaux où l'on apercevait Hackenschmidt dans sa glorieuse jeunesse et des animaux sauvages au milieu d'un joli bosquet anglais. Corinna le prit par la main et le guida entre les caravanes délabrées. Ils passèrent à côté de la roulotte de Nanty Solo et l'aperçurent par la fenêtre, assise sur son lit. Elle tourna vers eux ses yeux éteints et leur sourit au passage.

– Où allons-nous ? demanda Corinna.

Il ouvrit de grands yeux.

– C'est toi qui connais cet endroit, Joe.

Il éclata de rire. Saisissant sa main, il l'entraîna. Ils montèrent la pente en courant. Leurs pieds trébuchaient dans l'herbe épaisse, ils tombaient de tout leur long en heurtant des pierres et des murs écroulés, culbutaient dans des trous marquant l'emplacement d'anciennes caves. Ils se moquaient l'un de l'autre, se relevaient et reprenaient leur course folle. Joe essayait de parler, de nommer ces lieux qui lui étaient si familiers, mais son excitation était telle qu'il ne faisait que bredouiller des exclamations aussi joyeuses qu'incompréhensibles. Il l'amena à la Chapelle Bénie, où il s'agenouilla avec elle près des tombes brisées.

– E-esprits de la t-terre et de l'air, p-protégez ma maman, murmura-t-il.

Il regarda Corinna, agenouillée à côté de lui.

– R-redis les mots.

– Esprits de la terre et de l'air…

– C'est ça, approuva-t-il.

– Veillez sur Hackenschmidt, sur Joe Maloney et sur moi cette nuit.

Elle agita plusieurs fois la tête d'un air suppliant.

– Voici ce qu'il faut faire maintenant, dit Joe.

Il lui montra comment cracher sur ses mains puis les essuyer lentement sur le nom de Dieu, comment mettre de la boue sur sa langue et lécher la mousse humide.

Il arracha un bouton de sa chemise et le glissa dans la fente étroite entre les pierres tombales.

Des cris de fureur s'élevaient du chapiteau.

Corinna agita frénétiquement sa tête en implorant la protection des esprits, puis elle arracha à son tour un bouton et le glissa dans la fente.

Ils se relevèrent et se remirent à courir. Ils passèrent par le Chemin de la Vipère, le Pré aux Rats, l'Étang Sanglant dont l'éclat rougeoyant s'exaltait aux rayons du soleil couchant. L'autoroute grondait et brillait au loin. Au-dessus des lointains Rochers de l'Os Noir, les créatures mystérieuses tournoyaient de nouveau. Il conduisit Corinna à la Cuisine de la Sorcière, où il lui servit un repas de trèfle, de champignons et de noix de chardon. Il dansa pour elle, ivre d'une liberté qu'il n'avait encore jamais connue, heureux de son costume de satin noir et de son visage de tigre. Et Corinna rit et dansa avec lui, et elle poussa des cris pour couvrir ceux qui leur parvenaient même en cet endroit si éloigné de la tente.

Puis ils restèrent étendus sur le gazon, et le silence régna en eux et autour d'eux. Le soleil enflamma encore fugitivement le sommet des Rochers avant de disparaître. Corinna était à son côté comme une ombre perdue au milieu des terrains vagues. Il tourna la tête vers elle.

– C'est v-vrai, dit-il. Je te connais depuis bien l…

– Longtemps.

Ils tremblèrent et soupirèrent ensemble tandis qu'au-dessus d'eux les étoiles s'illuminaient.

– Il faut rentrer, chuchota enfin Corinna.

Ils revinrent sur leurs pas, plongés dans une stupeur heureuse.

Derrière eux, très loin, retentit un rugissement, un cri aigu de peur, de colère et de souffrance. Le hurlement d'un animal. Il résonna à travers les collines, l'autoroute, les confins en ruine de Helmouth. Il résonna dans leur cœur et son écho se prolongea au-delà.

Ils s'arrêtèrent, scrutèrent l'horizon se déployant vers les Collines d'Or.

– Quel monde cruel, murmura Corinna. Si cruel.

Joe poussa un grognement. Il vit une lame d'acier aiguisée, des gouttes de sang, des flots de sang. Il sentit le contact de l'acier sur la peau, sur la chair, sur les os. Il entendit des rires rauques. Au fond de lui, les cavernes obscures commencèrent à s'ouvrir.

A la lueur naissante des étoiles, Joe et Corinna montèrent de nouveau la pente. Les premières lumières de Helmouth se mirent à scintiller, comme un ciel sur la terre. Ils se dirigèrent en silence vers le chapiteau bleu. Leurs deux silhouettes minces semblaient celles de jumeaux.

Chapitre 14

Tout autour de la tente, des feux étaient allumés entre les caravanes. Il flottait une odeur de bois en train de brûler, de viande cuisant sur des fourchettes que les gens du cirque approchaient des flammes crépitantes. Des visages rougeoyant comme des lanternes se tournèrent vers Joe et Corinna. Des voix murmurèrent des saluts et des bénédictions sur leur passage. On entendait des enfants chanter des chansons venues du fond des âges : lamentations pour des amours perdus, berceuses, incantations pour apaiser les fées et les esprits qui peuplent la nuit. Une fête bruyante battait son plein dans le lotissement, ponctuée de couplets moqueurs et de cris de triomphe. Le cœur de Joe frémit dans son lieu secret. De l'autre côté du terrain vague, il regarda l'enseigne rouge étincelante de la Taverne du Buveur et imagina sa mère en train de vendre canettes et bouteilles. Il eut envie soudain de courir auprès d'elle, mais il y résista et continua de marcher au côté de Corinna.

Une simple pancarte annonçait à l'entrée du chapiteau :

FINI. TERMINÉ.

Corinna souleva la porte de toile. Son souffle était précipité.

– Entre, lança-t-elle.

Des bougies éclairaient la tente, comme sans doute aux premiers jours du cirque. Elles étaient peu nombreuses, et des clowns escaladaient les gradins afin d'en allumer dans des recoins éloignés où l'obscurité régnait sans partage. Dans les hauteurs, la galaxie brillait doucement. Les murs de toile étaient immobiles et aussi bleus que le crépuscule. Hackenschmidt gisait au centre de la piste. Agenouillés près de lui, Wilfred et Charley Caruso nettoyaient et apaisaient ses plaies à l'aide de linges trempés dans des cuvettes remplies d'eau. Nanty Solo était assise en tailleur à côté des trois hommes. Elle marmonnait et chantonnait à voix basse.

Corinna fit clapper sa langue et soupira.

– Allez, dit-elle en forçant Joe à avancer. Viens voir ce qu'ils ont fait, ces gens avec qui tu vis.

Elle lui jeta un regard courroucé.

– Lui qui n'a jamais fait de mal à une mouche ! Regarde le petit traitement qu'ils lui ont infligé...

– Laisse-le, chuchota Hackenschmidt.

Il grimaça un sourire.

– Après tout, c'est ce qu'ils étaient censés faire.

Il tressaillit et ne put retenir un gémissement de

150

douleur. Son visage était couvert d'ecchymoses et de coupures. Il avait été frappé sauvagement à coups de poings et de bottes. Une marque rouge vif faisait le tour de sa gorge.

– Ils voulaient sa peau, dit Wilfred. Nous avons dû les écarter de force, leur raconter qu'ils n'auraient pas un sou s'ils le tuaient. Les canailles.

Nanty marmonnait des mots sans suite.

– Le dernier jour, quand sera venu le dernier de tous les jours...

Hackenschmidt tendit la main à Joe.

– Finalement, ils ont eu la tâche facile, mon garçon. Vaincre Hackenschmidt n'était pas sorcier. Il suffisait d'attendre le jour où il en aurait assez, et de taper sur lui.

– A la fin, ils s'y sont mis à sept contre lui, reprit Wilfred. D'autres attendaient leur tour pour lui sauter dessus. La foule hurlait de rire, leur criait de lui régler son compte. Quand ils sont sortis, ils se battaient déjà pour partager le magot. De beaux salauds.

Charley passa son bras autour de l'épaule de Joe.

– Hélas, Tomasso ! chuchota-t-il. Nous sommes dans de beaux draps, mon petit Tomasso !

Hackenschmidt essuya le sang qui dégoulinait sur ses lèvres.

Il sourit.

– Aide-moi à me lever, Joe.

Joe saisit sa grosse main et sentit le poids énorme du géant quand il se mit péniblement debout.

– Tu es un bon gars, murmura Hackenschmidt.

Nous avons eu de la chance de dénicher un garçon comme toi dans un pareil endroit.

– C'était écrit, intervint Corinna.

– Oui, tu as raison. La chance n'y est pour rien. C'était écrit de toute éternité.

Ils s'assirent tous ensemble sur la piste couverte de sciure, à la lueur tremblante des bougies, et se penchèrent pour mieux entendre Nanty Solo quand elle commença à parler.

Chapitre 15

– Il était une fois un tigre, commença-t-elle. Il vivait dans les profondeurs les plus insondables, dans l'ombre la plus obscure. C'était une créature de légende, un être fabuleux. Une merveille impossible à la fourrure rayée, aux yeux froids et cruels. Il avait des crocs recourbés, des griffes énormes et une langue capable de détacher d'un os la chair sanglante. Il était plus long qu'un homme, plus haut qu'un garçon. Une telle créature, où l'horreur la plus effroyable se mêlait à la beauté la plus exquise, ne pouvait certainement pas être réelle. Elle ne cheminait qu'à travers les récits rapportés en ce monde par d'antiques voyageurs. Elle y vivait en compagnie de leurs dragons, de leurs serpents de mer et autres licornes. Elle ne rôdait que dans nos rêves, dans les recoins cachés de nos esprits. Elle rugissait tout au fond de nos cœurs secrets. Nous ne croyions pas pouvoir la voir en réalité, même si nous avions appris à l'aimer autant qu'à la redouter. Nos âmes mesquines ne pouvaient imaginer que le pouvoir de la terre, de l'air, des mers et du soleil soit capable de donner naissance à un tel prodige.

Elle sourit et caressa du bout des doigts Joe et Corinna, qui étaient assis à sa gauche et à sa droite.

– Puis, à un moment inconnu d'un jour ignoré et lointain du passé, l'un de nous pénétra dans la forêt. Qui était-ce ? Quelqu'un qui comprenait que ce que nous imaginions nous pouvions aussi le toucher, et qu'en pénétrant dans la forêt nous nous avancions dans les confins mystérieux de l'esprit. Quelqu'un comme toi, Corinna. Comme toi, Joe Maloney. En marchant, tu as commencé à sentir son odeur, son souffle chaud et aigre, sa fourrure puante. Tu as senti sur ta langue, dans tes narines, les effluves de la bête sauvage. Le tigre s'est avancé dans ta direction à travers la forêt, comme s'il te connaissait, comme si une force l'attirait vers toi. Tu as entendu à côté de toi ses pas feutrés. Tu as entendu sa respiration longue et lente, le soupir au fond de ses poumons, le râle dans sa gorge. Puis il est sorti de la forêt et s'est placé sur ton chemin. Ses yeux cruels ont fixé ton visage, sa langue rugueuse comme du papier de verre a léché ton bras. Sa gueule s'est ouverte, ses crocs recourbés étaient prêts à se refermer sur toi. Tu étais incapable de bouger, tu t'es préparé à mourir... Mais tu n'es pas mort. Tu étais seul face au tigre, et tu n'es pas mort...

Il y eut un mouvement dans le passage des artistes plongé dans les ténèbres. Joe regarda. Rien. Puis il aperçut deux clowns ployant sous un fardeau pesant. Corinna caressa tendrement son bras. Nanty effleura sa main.

– Nous avons fait sortir le tigre, Joe Maloney. Nous

l'avons fait passer de l'ombre à la lumière. Nous lui avons fait faire le tour de la terre. Il a franchi avec nous des fleuves et des mers, voyagé sur des routes et sur des rails. Nous l'avons emmené dans les espaces libres bordant les grandes villes aussi bien que dans des villages minuscules cachés par des collines, dans des endroits semblables à Helmouth. Et les gens se précipitaient pour découvrir cette merveille ! Ils se hâtaient vers le grand chapiteau bleu brillant entre le ciel et la terre. Ils frissonnaient, ils avaient le souffle coupé à l'idée de voir cette créature de rêve devenue si réelle. Quelle terreur ils éprouvaient ! Quelle joie les envahissait !

Joe regarda de nouveau en direction du passage.

– Tu as peur, dit Nanty.

Il hocha la tête.

– Ou-oui.

– Le tigre aussi avait peur en s'avançant sur le chemin, Joe. Et il tremble à l'idée de redevenir maintenant une créature qui ne hante que le rêve, l'imagination et la mémoire.

Les yeux blancs de la vieille femme brillaient à la lueur des bougies.

– Les forêts ont perdu presque tous leurs tigres, Joe. Nos cœurs secrets sont presque vides.

Son souffle était comme un râle dans sa gorge.

– Nos âmes sont mesquines, Joe. Serons-nous jamais capables d'imaginer de nouveau nos tigres avec assez de force pour qu'ils se placent sur notre chemin ?

Elle le fixait de ses yeux éteints. Comment aurait-il

pu lui répondre ? Il se mit à bégayer. Elle sourit en le touchant avec douceur.

– Ne t'inquiète pas, chuchota-t-elle. Ton âme est la plus brave qui soit. Le tigre t'a choisi afin que tu l'escortes hors du monde resplendissant de la tente bleue et le ramènes dans la forêt.

Joe se mit à trembler.

Les clowns émergèrent du passage et s'avancèrent sur la piste. Ils posèrent leur fardeau sur la sciure et entreprirent de le dérouler.

Chapitre 16

C'était une peau de tigre, lourde, immense et merveilleuse. Elle se déploya sur la piste où jadis le fauve
avait bondi, rugi, zébré l'air de ses griffes.

Hackenschmidt soupira.

– Touche-la, Joe, dit-il.

Joe approcha sa main. La fourrure était si épaisse.
La peau elle-même était vieille, rude comme du cuir. Il
la souleva et sentit son poids énorme.

– Elle est belle, n'est-ce pas ? s'exclama Corinna.

Joe hocha la tête.

– C'était le dernier de nos tigres. Il est mort longtemps avant ma naissance. Où que nous allions, nous
l'emportions avec nous.

– Mets-la sur ton dos, Joe, ordonna Hackenschmidt.

Joe eut un mouvement de recul.

– Vas-y, mets-la sur ton dos.

Joe leva les yeux sur la galaxie tournoyant dans
l'ombre bleue. Il imagina sa mère dans sa chambre,
contemplant le lit vide de son fils. Il crut entendre les
hurlements cruels et triomphants de Joff et de Stanny.

Il regarda la peau de tigre et se rendit compte qu'en fait il avait toujours su qu'il la revêtirait.

Hackenschmidt brandit la peau comme une cape. Joe scruta la zone d'ombre entre la dépouille du fauve et le sol couvert de sciure.

– Mets-toi là-dessous, lança Hackenschmidt.

Nanty Solo sourit. Wilfred et Charley Caruso lui firent signe d'obéir. Corinna s'accroupit à côté de lui.

– Je suis là, dit-elle. Je ne te quitterai pas.

Joe ferma les yeux. Il entra à quatre pattes dans la zone d'ombre. Hackenschmidt posa la peau de tigre sur son dos. Joe poussa un soupir en sentant la dépouille peser de tout son poids sur son corps, l'envelopper tout entier. Il comprit combien il était chétif en comparaison de la créature qui avait jadis habité cet espace. La peau de la tête recouvrait son visage et il apercevait par les trous des yeux les flammes tremblantes des bougies et le regard de Hackenschmidt fixé sur lui. Il vit Wilfred, Charley et Nanty Solo sortir de la piste.

Entendit la voix de Corinna :

– Je suis là, Joe. Je ne te quitterai pas.

– Tu n'as qu'à respirer, chuchota Hackenschmidt. Sois simplement toi-même, Joe Maloney.

Joe respira. Il baissa la tête, sentit la peau de bête drapée sur sa propre peau. Attendit. Personne ne parlait, ne bougeait. Il attendit. Il attendit.

Le tigre s'éveilla en lui, comme s'il naissait de ce fragment d'os qu'il avait avalé quelques longues heures plus tôt, comme s'il surgissait de ténèbres antiques et secrètes au fond de son cœur. Il approcha lentement, semblable à une odeur vague portée par une brise soufflant à travers lui, pareille à l'écho d'un rugissement retentissant dans une caverne lointaine. Plus près, de plus en plus près, comme s'il avait attendu depuis toujours cet instant. Il sentit sa peau se couvrir de fourrure, ses mains se transformer en lourdes pattes aux griffes meurtrières. Il sentit la puissance de ses muscles, de ses os. Son souffle se fit plus profond, s'éleva du fond de nouveaux poumons. Son cœur battit puissamment dans sa poitrine. Son cœur de tigre. Il entendit son rugissement résonner dans sa gorge. Il déchira l'air de ses griffes et montra ses crocs énormes. Des souvenirs se bousculèrent dans son sang, ses os, sa chair, son cerveau : il courait à travers une prairie, une antilope bondissant devant lui, d'autres tigres courant à son côté, il rôdait dans les ombres des forêts. Sous l'étrange tente de peau et de fourrure rayée qui le recouvrait, Joe Maloney dansa une danse de tigre, fut habité par le tigre, se métamorphosa en tigre. Il s'effondra sur le sol couvert de sciure. Son corps tremblait, tressaillait convulsivement. Hackenschmidt retira la peau.

– Joe ! s'exclama Corinna. Joe, Joe…

Elle prit sa main, l'aida à se relever.

Ils restèrent immobiles dans l'obscurité de la tente éclairée par les bougies vacillantes et semblable à l'univers tout entier tournoyant autour d'eux. Ils attendirent. Attendirent.

Et ils entendirent tout près d'eux, sur la piste, le bruit

des pas, le souffle du fauve. Ils sentirent l'odeur de son haleine, de sa fourrure. Il décrivait des cercles autour d'eux. Ils l'aperçurent du coin de l'œil, virent fugitivement s'approcher son corps rayé, ses yeux luisants.

– Tigre ! s'écria Corinna.

– Le dernier jour, chuchota Nanty Solo. Quand sera venu le dernier de tous les jours…

– Allez, dit Hackenschmidt. Emmène-le.

Il se dirigea vers la porte de toile et l'écarta. Joe et Corinna sortirent dans la nuit étincelante. Ils traversèrent les terrains vagues bordant Helmouth, et le tigre s'avança à pas feutrés dans leur cœur, à leur côté.

Chapitre 17

La pleine lune s'était levée sur les Rochers de l'Os
Noir, cercle parfait de lumière. Des bouquets d'étoiles
brillaient à l'horizon. Une froide clarté tombait sur la
terre d'un vert sombre que foulaient Joe, Corinna et le
tigre. Ils se dirigeaient vers l'autoroute. Par moments,
les phares d'une voiture éclairaient fugitivement la
nuit, mais leur lueur disparaissait rapidement en direction du nord ou du sud. En marchant, ils entendaient
des bruits dans l'air et sur la terre : coups de griffes,
battements d'ailes, des cris brefs, des sifflements, la
rumeur d'une respiration. Ils entendaient le bruit de
leurs propres pas, le bruissement de l'herbe. A certains instants, le tigre n'était plus là, mais il suffisait
que Joe et Corinna échangent un regard et continuent
de marcher pour qu'il réapparaisse avec sa fourrure
rayée et luisante, son souffle profond, ses pas légers et
ses yeux aussi brillants que des étoiles. Ils ne parlaient
pas. Des cris et des rires lointains s'élevaient de Helmouth et Joe pensa à sa mère là-bas, à sa peur, mais il
ne rebroussa pas chemin. Ils s'avançaient à travers les

lieux qu'il connaissait si bien, les chemins, les enclos abandonnés, les rues en ruine d'une époque depuis longtemps révolue. Au bout du Champ aux Crânes, ils franchirent une clôture cassée et escaladèrent le talus. Arrivés sur l'herbe maigre du bas-côté, ils s'immobilisèrent quand une voiture passa à toute allure devant eux. Ils regardèrent à droite et à gauche, puis traversèrent en courant la première chaussée de l'autoroute. Après avoir sauté par-dessus la glissière, ils attendirent de nouveau sur le terre-plein central. Le tigre haletait doucement. Ils virent arriver une autre voiture en provenance du nord et furent éclairés par le cône lumineux de ses phares. Une petite fille les regarda au passage, les yeux écarquillés, la bouche grande ouverte sur un cri. La voiture fit une embardée, ralentit puis reprit sa vitesse et disparut aussi rapidement qu'elle était venue. Joe observa les feux arrière diminuant à l'horizon et imagina la voix du conducteur : « Quelle absurdité ! Petite sotte, il serait temps de grandir. Rendors-toi. »

Ils traversèrent une nouvelle fois en courant la chaussée, atteignirent le second talus, passèrent par une autre clôture défoncée. Ils se dirigèrent vers la Forêt Argentée en passant par des prairies où l'herbe montait jusqu'aux genoux. Des fleurs sauvages brillaient au clair de lune, l'air nocturne était chargé de parfums, de pollen. Le terrain était en pente et ils respirèrent plus profondément en grimpant. Ils firent une pause à l'orée du bois. Joe et Corinna échangèrent un regard émerveillé. Ils se retournèrent et virent au loin les lumières de Helmouth, le chapiteau bleu brillant doucement. Allongé à côté d'eux dans l'herbe haute, le tigre répondit à leur regard. Joe s'accroupit près de lui en tremblant, tendit la main pour le toucher. Ses doigts se posèrent sur la fourrure épaisse et il sentit le cœur du tigre, son cœur battant. Il sentit de nouveau la beauté sauvage qui était l'apanage du fauve. Il se leva et plongea ses yeux dans ceux du tigre. « Tu es entré en moi, pensa-t-il, et tu es ressorti. Et maintenant, tu marches à mon côté dans la nuit. » Puis Corinna saisit sa main et ils se remirent en chemin, emmenèrent le tigre dans la Forêt Argentée.

Il n'y avait pas de sentier. Ils commencèrent à monter la pente au milieu des troncs et des souches. Des bouleaux élancés dominaient un tapis de fleurs, d'herbe haute et de fougères, tantôt illuminés par la lune, tantôt plongés dans l'ombre. Des hêtres immenses, surgissant de la terre sèche, étaient couronnés de feuillages obscurs. Ils virent des chênes gigantesques, aux troncs presque aussi larges que la piste du cirque. Ils entendirent tout autour d'eux des créatures s'agiter, des oiseaux pousser des cris d'alerte. Une effraie se mit à hululer. Des corps bougeaient dans le sous-bois, dans les ténèbres. Des ailes scintillaient brièvement devant les étoiles. Le tigre s'avançait d'un pas feutré. Sorti tout droit du rêve, de l'imagination, de la vérité, il apportait d'antiques forêts et des prairies desséchées par le soleil au cœur de ce bois anglais.

Au bout d'environ une heure de marche, ils arrivèrent au ruisseau. Il culbutait sur des pierres moussues, formait de petites cascades, des mares étincelantes où miroitait la clarté de la lune et des étoiles. Joe, Corinna et le tigre s'accroupirent tous trois pour boire l'eau froide et douce.

Puis le tigre gronda, se leva, regarda fixement de l'autre côté du ruisseau.

Et Joe frissonna en comprenant soudain quel spectacle horrible s'offrait à eux sur l'autre rive.

Chapitre 18

Il traversa le ruisseau en marchant sur les pierres. Le cadavre gisait dans l'herbe. Noir comme du velours. Un fauve beaucoup plus petit que le tigre, de la taille d'une fille ou d'un garçon. Joe le toucha. Il regarda sa main pâle glissant sur la fourrure noire. Le corps était froid, inerte.

– Qu'y a-t-il, Joe ?

La voix de Corinna s'éleva de l'autre côté de l'eau vive.

– Joe ! Qu'est-ce que c'est ?

Il effleura la fourrure épaisse, se rappela les menaces et les promesses de Stanny. Il vit luire les griffes dans les pattes de la panthère.

– Joe ?

La tête manquait, évidemment. Rien que du sang figé, une tâche sombre sur l'herbe sombre. Il ferma les yeux et sentit sur sa gorge la morsure de l'acier. Il eut un haut-le-cœur, rouvrit les yeux.

– Panthère, chuchota-t-il.

Le tigre observa la scène depuis la rive opposée, puis

tourna la tête et respira profondément l'air de la nuit. Corinna traversa le ruisseau. Elle s'accroupit à côté de Joe, secoua la tête, leva les yeux au ciel.

– Salauds, dit-elle en pleurant.

– Je sais qui l'a fait.

Le tigre gronda doucement.

– Ces gens ! murmura-t-elle. Ces gens avec qui tu vis !

Elle caressa du bout des doigts la robe noire du fauve.

– Trouvons-les ! s'exclama-t-elle.

Ses yeux étincelèrent.

– Tuons-les, Joe. Pas de quartier pour ces salauds.

Joe garda le silence. Il regardait la panthère. Ce carnage aurait pu être son œuvre, s'il était venu ici armé de couteaux et de hachettes en compagnie de Stanny et Joff.

Le tigre poussa un nouveau grondement et reprit l'ascension de la pente. Ils suivirent le ruisseau. Au-dessus d'eux, les Rochers commencèrent à surgir. Leurs pics sombres et déchiquetés se détachaient sur le ciel. Une créature s'envola de leur sommet, s'éloigna en battant lourdement, lentement, des ailes immenses. Ils marchaient en scrutant les ombres profondes des arbres, à la recherche des corps endormis de leurs proies. Le tigre avançait d'un pas rapide, décidé, les entraînait en avant sur l'étroit passage formé par le ruisseau entre les arbres. Puis ils sentirent l'odeur d'un feu, virent ses braises rougeoyer. Il était allumé à un endroit où le passage s'élargissait en un tapis herbeux entouré de grands arbres et dominé par les Rochers. Le clair de lune baignait cette clairière.

Ils s'arrêtèrent, les yeux aux aguets. Deux corps enveloppés dans des couvertures étaient étendus près du feu. Corinna posa sa main sur l'encolure du tigre.

– Faut-il croire au tigre pour qu'il puisse vous tuer ? demanda-t-elle.

– Il ne les tuera pas, dit Joe.

– Si, il va les tuer. Vas-y, chuchota-t-elle au tigre. Tue-les !

Il ne bougea pas.

– Nous pourrions nous servir de pierres, lança-t-elle. Fracasser les crânes de ces salauds pendant qu'ils dorment bien gentiment. Mais peut-être serait-ce encore trop doux pour eux. Assommons-les plutôt, trouvons leurs sales couteaux et coupons-leur la tête comme ils l'ont fait avec la panthère !

Pleine d'une fureur impuissante, elle cracha et jura.

Ils se rapprochèrent sur la pointe des pieds. Ils aperçurent derrière le feu le tas de pierres sur lequel trônait la tête de la panthère, dont les yeux reflétaient les flammes. Corinna tressaillit. Elle caressa le tigre.

– Tue-les ! l'implora-t-elle. Allez, tue-les !

Il s'écarta d'eux et commença à décrire des cercles à pas feutrés dans l'herbe. Par moments, ils le perdaient de vue – quand il entrait dans la zone d'ombre à l'autre bout de la clairière, quand leurs yeux cessaient un instant de le retenir en ce monde. Mais il réapparaissait à chaque fois et lorsqu'il passait près d'eux, ils reconnaissaient son souffle, son odeur, et sentaient autour d'eux le trouble profond causé par sa présence dans la nuit.

– Tue-les ! chuchota Corinna. Vas-y, tue !

Il ne se rapprocha pas davantage des corps endormis. Continua encore et encore de décrire des cercles autour des deux dormeurs, du feu et de la tête de panthère. De nouvelles créatures s'envolèrent du haut des Rochers. Des ombres remuèrent en bordure de la clairière. Le tigre tournait sans relâche, en brandissant sa queue immense et en dressant sa tête. Par moments, il accélérait, se mettait à courir, bondissait dans l'herbe avant de ralentir et de se remettre à marcher. Il était constamment visible, maintenant, ne disparaissait plus, comme s'il gagnait de l'assurance, prenait confiance dans sa vie nouvelle. Les créatures dans le ciel descendirent en tourbillonnant, certaines apparaissaient déjà au sommet des arbres. Des animaux sortirent de la forêt. Des êtres entrevus moitié par les yeux, moitié par l'imagination, des silhouettes émergeant de l'ombre sans la quitter tout à fait : bêtes avançant à quatre pattes mais dotées d'une tête semblant humaine, bêtes avançant debout mais dont le front s'ornait de grosses cornes. Petites bêtes au pelage argenté et à la corne unique. Énormes bêtes aux poils hirsutes et aussi grandes que de jeunes arbres. Bêtes craintives, menues, pas plus hautes que l'herbe. Elles se rassemblaient à l'orée de la clairière que baignait le clair de lune. Elles chuchotaient, geignaient, gémissaient. Des sons et des chants étranges s'échappaient de leurs lèvres. Les créatures perchées dans les hauteurs, avec leurs becs monstrueux et leurs ailes repliées, se penchaient pour regarder.

– Tu vois ? souffla Joe

Corinna tremblait.

– Tu entends ? murmura-t-elle.

Le tigre se mit à courir. Il bondit, raya l'air de ses griffes. Et il commença à rugir, à baisser la tête, à ouvrir ses mâchoires énormes en rugissant. Et ses rugissements semblèrent s'élever du fond d'une caverne obscure, en une clameur qui remplit la clairière et résonna du haut des Rochers.

Les corps endormis remuèrent.

Joe et Corinna s'approchèrent furtivement, s'accroupirent dans l'herbe, attendirent.

– Tue-les ! siffla Corinna. Tue !

Stanny Taupe se redressa. Il se frotta les yeux et regarda autour de lui.

– Joff ! appela-t-il. Joff !

Il secoua l'épaule de l'homme. Joff s'agita en grognant.

– Joff !

L'homme s'assit en poussant un juron. Il brandit le poing contre le ciel.

– Maudite lune ! s'écria-t-il. Qu'est-ce qui te prend ?

– Il y a…

Stanny retint son souffle, poussa soudain un cri ou un sanglot bref, ne put retenir un mouvement de terreur.

– Joff !

– Rendors-toi, lança l'homme.

Il fit un geste en direction de la nuit.

– Maudite lune !

– Mon Dieu ! gémit Stanny. Oh, mon Dieu !

Ils virent qu'il suivait maintenant des yeux les cercles

concentriques du tigre, tournait la tête pour ne pas le perdre de vue.

– Tu le vois pas ? balbutia-t-il.

– Quoi donc ?

– Et là-bas ! cria Stanny. Oh ! Et là, et là !

Joff l'attrapa par le col.

– C'est juste à cause de ce qu'on a fait avec cette maudite panthère, lança-t-il. Je t'avais dit de pas t'en mêler si t'avais pas les nerfs assez solides. Tu vas te calmer, maintenant. Compris ? C'est juste le souvenir de ce qu'on a fait.

Il força Stanny à regarder la tête de la panthère.

– Tu vois bien qu'elle est morte, mon gars !

Stanny frissonnait.

– Je veux rentrer à la maison ! sanglota-t-il.

Il gémit et pointa un doigt tremblant en direction du tigre.

Joff l'attira à lui puis le relâcha.

– Va donc, pauvre gamin. Pauvre idiot de gosse.

Il poussa Stanny.

– Allez, va-t'en, espèce d'idiot !

Stanny s'éloigna de lui en trébuchant. Il sanglota de plus belle en voyant le tigre décrire des cercles autour de lui. Joff cria un juron à l'adresse de la lune et s'emmitoufla de nouveau dans sa couverture.

– Tu seras bientôt de retour, lança-t-il.

Stanny tomba par terre. Il se retrouva face à face avec Corinna et Joe : la jeune trapéziste et le garçon tigre.

– Stanny, chuchota Joe. C'est moi, Stanny.

Il voulait tendre la main, toucher son ami, le réconforter.

– Et moi, murmura Corinna. La sale petite bohémienne.

Stanny se frotta frénétiquement les yeux.

– Mon Dieu, gémit-il. Oh, mon Dieu.

Le tigre continuait ses cercles menaçants.

– N'aie pas peur, dit Joe. Cours. Il ne te p-poursuivra pas.

– Tue-le ! souffla Corinna.

– C-cours, je te dis !

Stanny prit ses jambes à son cou, et les bêtes s'écartèrent pour le laisser passer. Ils l'entendirent se frayer un chemin dans le sous-bois, parmi les arbres, descendre la pente à quatre pattes.

Le tigre n'était qu'à quelques pas de Joff. Il s'aplatit sur le sol. Tendit sa tête en avant, à la même hauteur que ses épaules. Ses yeux ne quittaient pas l'homme un seul instant. Il s'approcha encore, se ramassa pour bondir.

– Vas-y, tigre ! s'exclama Corinna.

Joe retint son souffle et attendit, fasciné.

Joff s'assit de nouveau, brandit son poing vers la lune, scruta la clairière, fouilla sous sa couverture et en tira une hachette.

– Qui est là ? siffla-t-il.

Le tigre gronda doucement.

– Qui est là, sacré nom de Dieu !

La peur commençait à percer dans sa voix rauque.

Aplati dans l'herbe, le tigre rampa vers lui.

– Regarde comme il a la frousse, dit Corinna.

Elle sourit.

– Regarde comme il est brave, ce tueur de panthères. Vas-y, tigre !

Elle saisit la main de Joe.

– Il ne va pas le tuer, n'est-ce pas ? demanda-t-elle.

– Je p-pense pas.

Joff brandit la hachette, recula vers les arbres, tourna la tête en tous sens pour observer la clairière.

– Maudite lune, grommela-t-il. Maudites ombres. Qu'est-ce qu'il y a là-bas ?

Il pointa le doigt vers sa poitrine, comme s'il défiait la clairière, la forêt, la lune, la nuit.

– Viens donc, lança-t-il. Montre-toi. Viens un peu te frotter à moi.

– Ame perdue, soupira Corinna. Pauvre gringalet sans cervelle.

Le tigre s'arrêta juste devant lui, si proche que l'homme aurait dû percevoir son souffle, son odeur, le soupir au fond de ses poumons. Le fauve gronda. Mais l'homme ne voyait rien, n'entendait rien, ne sentait rien. Il n'avait conscience que de sa propre terreur mêlée de mépris pour ce qui se trouvait devant lui et tout autour de lui.

Et il se mit à frissonner, à haleter, à jurer comme une créature perdue. Il battit en retraite vers les arbres, et de nouveau les bêtes s'écartèrent pour le laisser passer, et il s'enfuit en trébuchant dans les ténèbres de la forêt.

Chapitre 19

Corinna tenait la tête dans ses mains.

– Comme elle est belle, dit-elle. Si lourde. Si merveilleuse. Comment ont-ils pu faire une chose pareille ?

Ils scrutaient la forêt obscure qui les entourait. Ils imaginaient Stanny et Joff en train de trébucher comme des malheureux parmi les arbres, ne sachant plus où ils se trouvaient ni qui ils étaient. Ils imaginaient les créatures de la forêt les suivant de leurs regards froids du fond de leurs nids, de leurs tanières et de leurs cachettes.

– Cet homme sans cervelle, murmura Corinna. Et ce garçon qui ne vaut pas mieux.

Elle tendit la tête de la panthère à Joe. Il la prit dans ses mains et sentit contre sa paume et ses doigts la fourrure épaisse, douce comme du velours. Il sentit le sang séché et la chair déchirée de l'horrible blessure. Il scruta les orbites vides et imagina le cerveau derrière les yeux, sous le crâne. Était-il vide ? A jamais déserté ? Perdu dans sa contemplation, il rêva qu'il prenait possession de ce regard, de cet esprit. Il lui sembla que la panthère rêvait dans son propre cerveau et se remettait à courir.

– Comment ont-ils pu ? répéta Corinna.

Joe secoua la tête.

– Les gens sont… comme ça.

– Les gens !

Joe reposa la tête sur le sol pierreux.

– Qu'est-ce que nous allons en f-faire ?

– Les gens… murmura-t-elle encore.

Elle tourna le dos à Joe. Le tigre était couché non loin d'eux. Elle s'avança vers lui en sautillant. Elle leva les yeux sur la lune, tendit ses mains vers la nuit, poussa des cris plaintifs. D'une voix lente, elle se mit à chanter. Elle commença à danser dans l'herbe devant le tigre.

– Prends ma main, Joe.

Il s'approcha d'elle, prit sa main et accompagna ses pas et sa voix. Ils dansèrent autour du fauve. A pas lents, ils dansèrent une ronde dans l'herbe.

– Les gens ! s'écria-t-elle. Oublie les gens, Joe !

Et les autres bêtes s'enhardirent. Sortant des ombres de la forêt, elles s'avancèrent dans la clairière illuminée par la pleine lune. Leurs pieds et leurs sabots esquissèrent des pas traînants. Leurs voix bizarres retentirent. Elles reniflèrent et grognèrent, sifflèrent et hoquetèrent, chuchotèrent et chantèrent en haletant. Le ciel s'emplit de créatures tournoyant devant le disque lumineux de la lune. Les arbres et les Rochers de l'Os Noir tourbillonnèrent autour de la clairière. Le tigre se leva, redressa la tête et rugit. Joe et Corinna coururent, dansèrent, firent la roue. Vite, de plus en plus vite, en riant à perdre haleine, ivres de joie. Ils disparurent et redevinrent visibles, encore et encore.

Puis leurs mouvements se ralentirent. Ils s'arrêtèrent enfin et s'accroupirent tous deux au centre de la clairière. Ensemble, ils contemplèrent la lune. Elle pâlissait tandis que le monde entrait de nouveau dans la clarté du jour. Les créatures battirent en retraite dans les arbres, s'envolèrent vers les Rochers. Le tigre rôdait dans l'herbe. Annonciatrice de l'aube, une brise faisait bruire les feuillages.

– On se croirait dans le ch-chapiteau, dit Joe.

Ils regardèrent autour d'eux : les parois des Rochers et des arbres, la lune et la galaxie pâlissant au-dessus d'eux. Le tigre. Le souvenir des bêtes étranges. Deux enfants, main dans la main, vêtus de satin, des rêves plein la tête.

Corinna fit un signe approbateur – oui, on se serait vraiment cru dans le chapiteau.

– Nous avons disparu, dit-elle.

– Et ensuite, nous sommes redevenus v-visibles.

Elle sourit.

– Nous allons tout raconter à Hackenschmidt. Nous avons chassé les méchants. Nous avons vu les licornes, dansé avec le tigre. Nous avons disparu et sommes redevenus visibles. Et il existe des endroits du monde où on se croirait dans le chapiteau.

Elle se mit à rire et à battre des mains.

– Oui, il arrive que le monde soit aussi beau que le cirque !

Joe souleva la tête de la panthère.

– Qu'allons-nous en faire ? demanda Corinna.

Joe regarda autour de lui.

– Nous allons la cacher, dit-il. Pour qu'elle trouve un peu de p-paix.

Ils reprirent leur marche vers le sommet des Rochers.

En se retournant, ils virent le tigre immobile dans la clairière. Allongé sur l'herbe, il les regardait s'éloigner.

Chapitre 20

Au pied des Rochers, une petite cascade se jetait dans une mare au fond couvert de mousse. Un passage étroit s'ouvrait derrière, à peu près de la hauteur d'un garçon ou d'une fille. Joe s'avança le premier. L'eau l'éclaboussa, il marcha sur des galets humides, instables, puis sur un sol sec et rocheux. La cavité était éclairée par la faible lumière de l'entrée et par une clarté tombant d'une fente invisible dans le plafond très haut. Il y régnait un froid glacial. Elle s'élargissait en une salle vaste et vide, remplie d'échos. Corinna rejoignit Joe. On entendait résonner des gouttes d'eau minuscules, le bruit de leur respiration. Leurs yeux avaient du mal à s'habituer à la lumière.

– Oh ! des chevaux, chuchota Joe.

– Des loups, des ours ! s'exclama Corinna.

Ils s'approchèrent plus près de la paroi rocheuse où ils étaient persuadés de voir des peintures. Du bout des doigts, ils suivirent les contours des animaux.

– Et des cerfs ! ajouta Joe.

– Et des tigres !

Le cœur de Joe battait à tout rompre. Il pointa son index sur les autres bêtes, pourvues d'ailes et de cornes. Les fresques apparaissaient, se confondaient avec la roche, redevenaient visibles. Puis ils distinguèrent de tous côtés des empreintes de mains humaines. Ils cherchèrent un moment avant de trouver des empreintes à la taille de leurs mains et ils se penchèrent sur la paroi rocheuse, exactement comme les hommes qui jadis avaient laissé ces traces de leur passage.

Ils s'enfoncèrent plus avant dans la salle. Joe tenait le crâne devant lui, comme si les yeux vitreux étaient capables de voir, de les guider. Au fond de la caverne, ils découvrirent un rebord faisant saillie derrière lequel s'ouvrait une niche profonde. Les parois s'ornaient de nouvelles peintures et empreintes de mains. Joe éleva la tête de la panthère et la posa sur le rebord de la niche. Il sentit d'autres objets posés sur le roc et les souleva pour les approcher de ses yeux dans la pénombre : os et fragments d'os, cornes et fragments de cornes, crocs et dents... En frissonnant, il introduisit ses doigts dans la niche. Toucha encore des os, des cornes, des crocs, des dents. Il plongea son bras entier dans la niche, mais elle s'étendait encore au-delà dans des ténèbres glacées.

Joe et Corinna se regardèrent.

– C'est comme la b-b...

– Oui, comme la boîte de Nanty.

Ils contemplèrent la tête de la panthère, fixèrent ses

yeux éteints. Imaginèrent le jour où les poils de sa fourrure tomberaient, où sa chair et sa peau disparaîtraient, où ses yeux ne seraient plus que des orbites creuses. Il ne resterait que le crâne gisant sur le rebord rocheux, face à la salle remplie d'échos. En regardant autour d'eux, ils se rendirent compte que le roc était semblable à de l'os, que la salle était pareille à l'intérieur d'un crâne. A cette pensée, ils retinrent leur souffle. Ils sentirent cette image imprégner doucement les replis de leurs cerveaux, puis ils respirèrent, rebroussèrent chemin et dirent adieu à la panthère.

La rumeur de leurs pas et de leur respiration résonnait dans la caverne. Ils s'engagèrent dans le passage étroit, traversèrent le rideau de la cascade. Ils se retrouvèrent au pied des Rochers de l'Os Noir. La Forêt Argentée s'étendait sous leurs yeux. La terre tournait, le soleil commençait à apparaître à l'orient. On entendait au loin le bourdonnement de l'autoroute. Joe et Corinna tressaillirent de joie à l'idée d'être en cet endroit, de pouvoir le voir, le toucher. Heureux des pensées remplissant leur esprit, heureux de pouvoir ainsi s'étonner et s'émerveiller.

Et le soleil se leva, la lune pâlit, les étoiles s'évanouirent, et ce fut de nouveau le jour.

DIMANCHE

Chapitre 1

Le tigre avait disparu. Ils regardèrent autour d'eux dans la clairière, écoutèrent, humèrent le vent, mais le fauve resta introuvable. Le soleil inondait de lumière le cercle d'herbe, et ses rayons resplendissant à travers les arbres et les souches illuminaient la forêt. Il n'y avait plus d'animaux hantant la lisière de la clairière, de bêtes tournoyant dans l'air. Rien que de petits oiseaux voltigeant légèrement et des alouettes chantant tout en haut du ciel leurs mélodies ravissantes.

Sous l'amas des blousons et des couvertures, ils découvrirent de lourds couteaux aux lames brillantes et aiguisées, à l'aide desquels ils creusèrent un trou dans la terre. Ils prirent ensuite quelques-unes des pierres empilées et s'en servirent pour marteler et briser les couteaux. Puis ils jetèrent les débris d'acier dans le trou. Ils trouvèrent encore quelques pièces, une assiette en fer-blanc, une bouteille de whisky et un briquet, qui subirent le même sort. Après quoi ils comblèrent le trou avec de la terre et firent écrouler à coups de pied le tas de pierres. Ils soufflèrent sur les dernières braises afin de ranimer le feu, sur lequel ils placèrent couvertures et blousons. Environnés par la fumée tourbillonnante, ils les regardèrent brûler.

– Si seulement c'était eux qui brûlaient, lança Corinna.

Ses yeux s'obscurcirent tandis qu'elle rêvait aux deux corps en proie aux flammes.

Ils s'accroupirent près du feu mourant. Ils burent de l'eau du ruisseau et s'aspergèrent le visage en essuyant leurs yeux irrités par la fumée.

– Le tigre s'en va, dit Corinna en effleurant du bout des doigts le visage de Joe.

Elle lui montra sa main maculée de taches noires, blanches et orange. Il but encore et lava les dernières traces de peinture sur son visage. On entendait au loin monter de nouveau la rumeur de l'autoroute.

– Allons-y, chuchotèrent-ils.

Après un ultime coup d'œil sur la clairière, ils s'éloignèrent.

Ils traversèrent la Forêt Argentée en redescendant la pente. Les seuls animaux qu'ils virent étaient de petites souris courant se mettre à l'abri dès qu'ils approchaient, des lapins affolés, des araignées se balançant au bout de leurs fils ou trônant au centre de leurs toiles, des écureuils détalant sur des branches instables, des vers, des scarabées noirs, des fourmis, des mouches, des chenilles, des mille-pattes. A un moment, un daim les observa du fond d'un buisson épais où les moucletures de son pelage miroitaient au soleil. Ils aperçurent aussi un serpent qui se déroula et quitta la rive moussue où il se chauffait aux rayons du jour.

Joe et Corinna se frayèrent un chemin parmi les arbres, au milieu des branches tombées, des fougères et des champignons. Ils sautèrent par-dessus de petites mares, traversèrent des tourbières, des clairières où l'herbe montait jusqu'aux genoux. Ils arrivèrent à l'endroit de la rive où gisait le cadavre de la panthère. Mouches et vers étaient déjà à l'œuvre, et l'os commençait à apparaître sous la chair. Ils s'inclinèrent un moment en silence devant le fauve et lui souhaitèrent de trouver la paix, puis ils reprirent leur marche à travers l'ombre et la lumière, environnés par les odeurs saumâtres de la forêt. Ils se dirigèrent vers la rumeur de l'autoroute, vers le chapiteau, vers Helmouth, impatients de se retrouver chez eux. Leurs pensées délaissèrent les événements de la nuit pour se tourner vers ce qui les attendait en ce jour. Ils accélérèrent le pas afin de rentrer plus vite, d'avancer encore. La terre tournait, le soleil se levait. Ils commencèrent à avoir chaud et échangèrent des sourires en essuyant la sueur sur leur front. Leur joie s'approfondissait à la pensée qu'ils s'étaient trouvés, maintenant, qu'ils étaient des amis, des jumeaux, destinés à rester proches l'un de l'autre en cette vie nouvelle qui s'ouvrait devant eux.

Par moments, ils éclataient de rire en marchant et chacun criait joyeusement le nom de l'autre :

– Joe Maloney !

– Corinna Finch !

– Joe !
– Corinna !
– Oh !
– Ah !
– Ahahah !

Puis leur allégresse se fit plus sereine quand ils aperçurent le tigre. Il marchait au loin dans la forêt obscure, les accompagnait pas à pas. Bientôt, ils approchèrent de la lisière de la forêt. Ils entrevirent la prairie, l'autoroute. Ils s'avancèrent, se retrouvèrent tous deux dans l'herbe haute parsemée de coquelicots, sous une douce brise, en plein soleil. Le tigre resta dans la forêt. Ils virent ses yeux briller, sa fourrure rayée se confondre avec l'ombre et la lumière, sa gueule s'ouvrir sur un rugissement d'adieu. Puis il se détourna, s'enfonça parmi les arbres et disparut.

– Adieu, chuchota Joe.

Il ferma les yeux et sentit alors que le tigre rôdait dans la forêt de son esprit, qu'il cheminerait en lui à jamais.

Chapitre 2

– Cours ! hurla Corinna.

Ils profitèrent d'une accalmie dans la circulation pour s'élancer, mais un énorme camion et une Mercedes argentée foncèrent vers eux avec un bruit de tonnerre alors qu'ils traversaient la chaussée à toutes jambes. Ils parvinrent cependant sains et saufs sur le terre-plein central, au milieu d'un concert de klaxons et de crissements de freins. Les véhicules rugirent de plus belle après leur passage. Des conducteurs les menaçaient du poing en criant, d'autres les regardaient avec terreur ou stupéfaction.

– Maintenant ! lança Corinna.

Ils s'élancèrent de nouveau, se précipitèrent vers le bas-côté, atteignirent le talus, dévalèrent la pente jusqu'à la clôture cassée et restèrent étendus dans l'herbe en riant, hors d'haleine. Puis ils se relevèrent et traversèrent le Pré aux Rats, avec le vent dans leur dos, impatients de rentrer chez eux.

Stanny Taupe était accroupi par terre dans la Chapelle Bénie. Il leva la tête quand ils approchèrent. Les regarda en silence.

– Vous avez vu Joff ? demanda-t-il.

Joe secoua la tête.

– Il n'est toujours pas revenu, dit Stanny.

– Il a dû se perdre, déclara Corinna en le fixant avec froideur. A moins qu'il ne lui soit arrivé malheur…

Stanny cligna des yeux et se détourna d'elle. Joe comprit que son ami avait une foule de questions sur le bout de la langue mais ne parvenait pas à articuler les mots nécessaires.

– Quoi… ? bégaya Stanny. P-pourquoi ?

Joe regarda en direction du village. Des enfants en uniforme se rendaient à Hangar's High. Il haussa les épaules, ne sachant que répondre. Stanny le contempla un moment puis baissa la tête, les larmes aux yeux.

– Je me suis blessé à la main, Joe, dit-il.

Il lui montra sa main droite, dont la paume était entaillée. Joe la prit dans sa propre main, toucha du bout des doigts la plaie sanguinolente.

– J'ai vu… balbutia Stanny. J'ai cru voir…

Il se remit à pleurer.

– Pauvre garçon, chuchota Corinna. Si j'avais un couteau…

Joe lui tourna le dos.

– Laisse-le, dit-il doucement.

– C'était pas moi, lança Stanny. J'y suis pour rien. Je sais que je disais que j'avais envie de le faire, mais une fois qu'on a commencé j'en ai plus eu envie. Seulement je pouvais pas m'empêcher de regarder comment il faisait et…

Il s'interrompit, secoué de sanglots convulsifs, se tordit sur le sol de la chapelle. La brise effleurait son corps, gémissait sur les pierres tombales.

Corinna cracha.

– Pauvre, pauvre petit, murmura-t-elle. Quel dommage pour toi !

Puis elle se calma tandis que les deux garçons s'accroupissaient côte à côte pour réfléchir sur leur amitié et sur la mort de la panthère.

– Y avait du sang partout, dit Stanny. Il jaillissait de tous les côtés… Sur mes mains, sur l'herbe…

Il regarda Joe fixement.

– Et le bruit du couteau et le…

Il frissonna.

– Ensuite, la nuit dernière… c'était comme un rêve, mais…

– C'était pas un rêve, dit Joe.

– Viens maintenant, l'implora Corinna.

Elle tira doucement sur la manche de Joe.

– Que faire ? s'exclama Stanny. Que faire quand on a fait quelque chose qu'on voulait sans le vouloir mais qu'on a fait quand même et qu'ensuite on ne peut plus effacer et…

Il se tut en tremblant. Il regarda en direction de l'autoroute, de la Forêt Argentée, des Rochers de l'Os Noir, puis se tourna de nouveau vers Joe.

– Trop tard, lança Corinna. Ce qui est fait est fait. Tu es souillé par le mal et tu le resteras à jamais. Pauvre âme… Viens, Joe.

– J'étais ton ami, Joe, chuchota Stanny Taupe.

Joe nettoya la plaie de la main de Stanny avec de la mousse humide. Puis il pressa la paume blessée sur les pierres tombales brisées et l'essuya sur le nom de Dieu.

– Es-esprits de la terre et de l'air, veillez sur Stanny Taupe en ce jour.

Il plaça de la terre sur la langue du garçon. Il arracha un bouton à sa chemise et la glissa dans la fente entre les pierres.

– Qu'est-ce que tu comptes faire, maintenant ? demanda Corinna.

Elle était debout, les bras croisés, et les regardait de haut.

– F-faire ? bégaya Stanny.

– Il faut bien que tu répares ton crime, espèce d'idiot !

Il cligna des yeux et s'essuya les joues en jetant un coup d'œil à Joe.

Corinna éclata de rire et pointa le doigt sur Stanny.

– Tu devras répéter cent fois le mot panthère à chaque lever et coucher du soleil. Tu devras jeûner le vendredi pendant les six semaines à venir. Tu devras…

Stanny la fixa, hébété, puis se détourna.

– Tu seras mon ami ? demanda-t-il à Joe.

– Oui. J-je serai ton ami.

Corinna tira sur sa manche. Il se leva et quitta la chapelle aux murs écroulés et aux tombes brisées. La jeune fille l'accompagna d'un pas léger.

– Donne la vie à ceux que tu rencontres, Stanny Taupe ! lança-t-elle par-dessus son épaule. Ne leur apporte pas la mort !

Chapitre 3

Le soleil était à son apogée et la lumière tremblait sur les terrains vagues. Le bleu pâli du chapiteau s'harmonisait avec celui du ciel. La tente chatoyait au soleil et frissonnait sous la brise. Les cordes craquaient, le sommet oscillait doucement. Une affiche proclamant DERNIER JOUR voltigea lentement sur le chapiteau avant d'être entraînée par le vent en direction de Helmouth. Les panneaux montrant les animaux et Hackenschmidt vacillaient.

Des caravanes s'éloignaient déjà en cahotant sur le sol rocailleux, tirées par des voitures brinquebalantes.

Une voix cria :

– Bon débarras ! Et ne revenez pas, ordures !

Une pierre heurta avec fracas le capot d'une vieille Austin.

– Maloney l'Unique, lalalala ! glapit quelqu'un.

– Sale petite bohémienne ! hurla un autre.

Mais ils n'y firent pas attention, ne se retournèrent même pas.

– Tomasso ! Tomasso ! Tomasso ! appela Charley Caruso.

Sa voix était faible, lointaine, chargée d'une telle nostalgie…

– Qu'allons-nous faire ? demanda Corinna.

– F-faire ?

– Il faut bien que nous vivions. Que ferons-nous ? Où irons-nous ?

Joe éclata de rire.

– Nous pouvons f-faire tout ce que nous voulons ! Nous pouvons al-aller où nous voulons ! Regarde…

Elle se pencha et ramassa quelque chose sur l'herbe. La coquille vide d'un œuf d'alouette, blanche et tachetée. Joe la toucha. L'intérieur était sec, mais collait à ses doigts. Il rêva à ce qui avait habité cette coquille, au blanc et au jaune d'œuf qui s'étaient faits os, chair et plumes, au petit être qui s'était frayé un chemin vers l'extérieur et avait osé s'élancer dans l'espace. Il regarda le visage de Corinna, blanc et tacheté. Il contempla les forêts, les rochers, les cavernes et le ciel au fond de ses yeux. Ils levèrent ensemble leur visage vers l'espace où une nuée d'alouettes dansait très haut dans le vent et chantait.

– Miracle, dit Joe.

– Miracle, dit Corinna.

Ils continuèrent leur chemin. Elle souleva la porte de toile et ils pénétrèrent dans la pénombre silencieuse du chapiteau. Hackenschmidt et Nanty Solo étaient assis sur la barrière séparant la piste des gradins.

Nanty leva ses yeux éteints. Elle sourit.

191

– Voilà nos petits chéris qui rentrent au nid, s'exclama-t-elle. Soyez les bienvenus, mes petits anges.

Hackenschmidt s'avança vers eux et les serra sur sa poitrine immense.

– Ça s'est bien passé, dit-il.

Corinna hocha la tête.

– Et le tigre est parti.

– Oui, il est parti.

Il posa sa main énorme sur la tête de Joe.

– Tu as accompli un exploit, Joe Maloney. L'acte que tu as réussi exige un grand courage et dépasse notre entendement.

Il le regarda intensément.

– Comment avons-nous pu trouver un garçon tel que toi dans un endroit comme Helmouth ?

– C'était écrit, dit Corinna.

– C'est vrai, approuva Hackenschmidt. C'était écrit depuis le premier jour où le chapiteau a été planté sur cette terre.

– Nous vous avons suivis, murmura Nanty Solo. Jusqu'au cœur de la forêt.

Elle tapa sur son crâne :

– Nous étions là…

– Et vous avez vu la clairière et… ?

La vieille femme pressa son doigt crochu sur les lèvres de Corinna.

– Il ne faut pas en parler, dit-elle. Tu dois garder pour toi tes lieux secrets.

Elle attira la jeune fille vers elle et l'embrassa. Autour d'eux, le chapiteau tremblait.

– Nous avons parlé et rêvé du bon vieux temps, reprit Nanty. En ce temps-là, la toile était si neuve qu'elle empêchait le jour de passer. Maintenant elle est usée et effilochée, comme vous voyez, et laisse entrer la lumière par d'innombrables petits trous. Elle commencera bientôt à se déchirer pour de bon, et le vent s'engouffrera en se jouant dans ces fentes jusqu'au moment où elles s'élargiront et laisseront entrer la lumière à flots. Et le vent continuera à jouer et à se déchaîner si bien que les déchirures s'étendront à toute la toile et que la tente frissonnera une dernière fois et s'effondrera. Puis il n'y aura plus rien que le vide, exactement comme avant, quand le chapiteau n'existait pas.

Elle rit doucement.

– Nous avons aussi parlé de qui arriverait à la vieille folle aveugle et à l'ancien lutteur après l'avènement de ces jours nouveaux. Mais Nanty a eu beau scruter l'intérieur de son crâne, elle n'a rien vu pour eux.

Elle leva la tête.

– Allez, tente, effondre-toi. Tombe sur nous et recouvre-nous afin que nous reposions en paix sous ta protection. Effondre-toi !

Elle haussa les épaules et sourit.

– Enfin, tout viendra en son temps, ça comme le reste.

Corinna éclata de rire.

– Monte en haut avec moi, dit-elle à Joe.

Elle gravit la première l'échelle de corde, se fraya un passage à travers le filet, se hissa sur la plate-forme. Joe la suivit, s'éleva au-dessus des deux vieillards assis au bord de la piste. Il s'immobilisa à côté de son amie.

– Imagine ! s'écria-t-elle. Imagine qu'il y eut un temps où tu t'élançais d'ici, te balançais d'avant en arrière en attendant que je bondisse à mon tour. Tu peux l'imaginer ?

– Oui.

– Réellement ?

– Oui.

– Avec tant de force que cette image devient pour toi presque un souvenir et non un simple rêve ?

– Oui.

– Et tu imagines que je bondissais alors, que tu me rattrapais au vol et que nous dansions dans l'espace pendant que le public retenait son souffle tant nous étions merveilleux ?

– Oui. Oui.

– Et cette image est si forte qu'elle ressemble plus à un souvenir qu'à un rêve ?

– Oui.

Elle rit.

– Nous étions ensemble, Joe, toi et moi. Il y a bien longtemps, dans un autre monde ou dans une autre vie. Nous volions littéralement. Tu y crois ?

– Oui. Oui.

– Saute ! cria Hackenschmidt.

– Saute ! chuchota Corinna.

Ils bondirent main dans la main, s'élancèrent dans le vide à travers des souvenirs et des rêves, parmi d'autres mondes et d'autres vies, et le filet poussa un soupir en les accueillant en ce monde, en cette vie, à l'abri de tout danger.

Chapitre 4

Un cochon dodu nommé Patapouf. De petits chiens vêtus de robes argentées et titubant sur leurs pattes arrière. Le bon Wilfred avec sa barbiche et Charley Caruso avec son esprit perdu dans le passé. Tous entrèrent dans le chapiteau à l'instant où Joe et Corinna reprenaient pied sur le sol couvert de sciure. Ils se rassemblèrent sur la piste, ravis du retour des deux petits.

Puis un autre visage apparut à la porte de toile.

– Joe ! Joseph !

– Maman !

– Te voilà enfin !

Elle accourut vers lui et le serra dans ses bras. Elle se tourna vers Corinna avec un large sourire.

– Bonjour, mon petit chou ! J'espère qu'il s'est conduit correctement ?

– Tout à fait, assura Corinna.

– Bravo, mon garçon.

– Voici Hackenschmidt, dit Corinna. C'est lui le propriétaire du cirque. Et voici Nanty Solo, Wilfred, Charley Caruso. Je vous présente la maman de Joe.

Elle leur adressa à tous un sourire radieux et serra de nouveau Joe contre elle.

– Enchanté de faire votre connaissance, madame, dit Wilfred. Vous avez vraiment de la chance d'avoir un tel fils.

– Tout le monde n'est pas de cet avis, Wilfred, mais c'est pourtant la vérité. Oh! Regardez comme ce chien est doué! Tu as mangé ce matin, Joseph?

L'estomac de Joe criait famine. Il secoua la tête.

– Je suis af...

– Affamé, pas vrai? Viens, je vais te préparer quelque chose.

– Je voudrais amener mes am-amis.

– Quelle bonne idée! Si cela ne vous ennuie pas, évidemment... Notre maison est petite, voyez-vous, monsieur Hackenschmidt. Nous devrons nous installer dans le jardin.

Hackenschmidt lui adressa son plus beau sourire.

– Ce sera une joie, madame Maloney.

Elle regarda autour d'elle avant de sortir.

– Cet endroit est si merveilleux! s'exclama-t-elle.

Elle s'arrêta un instant, perdue dans le silence et la beauté du chapiteau.

Leur troupe hétéroclite émergea de la tente bleue et s'avança au milieu des terrains vagues rocailleux de Helmouth. Ils marchaient d'un pas lent, satisfait, sous les rayons paresseux du soleil au zénith. Le cochon reniflait par terre, les chiens dansaient. Nanty Solo tenait le bras de Hackenschmidt et racontait des histoires de l'ancien temps. Le bon Wilfred trottinait en redressant la tête. Quand il n'était pas occupé à siffler et appeler ses chiens, il rassurait gentiment Charley Caruso en lui chuchotant à l'oreille. La maman de Joe était encadrée par son fils et Corinna, vêtus de leur costume en satin.

– Alors, raconte-moi tes exploits, dit-elle.

– J'ai été sur le tr-trapèze.

– Sur le trapèze ! Et tu ne t'es pas rompu les os !

– Nous avons aussi joué dans la tente, intervint Corinna. Avec les chiens et…

– Et les tigres ne vous ont pas mangés ?

Joe sourit.

– Il n'y a p-pas de tigres.

– Pas de tigres ! Alors quelles étaient ces créatures qui n'ont pas cessé de bondir et de gronder dans ma tête toute la nuit ? Ma chambre était un vrai zoo !

– Tu rêvais, c'est tout.

– Peut-être, accorda-t-elle.

– Oui, p-peut-être.

Il la regarda en souriant et elle le serra dans ses bras. Il s'appuya contre elle, entrevit les grands espaces où volaient les alouettes et rôdaient les bêtes sauvages de sa maman.

– Je suis si contente de te revoir. Tu sais, Corinna, c'est la première fois que nous avons passé toute une nuit séparés l'un de l'autre.

Il sourit de toutes ses dents quand elle l'embrassa.

– Tu grandis, Joe Maloney. Tu t'en rends compte, n'est-ce pas ?

– Oui.

– Il me semble que c'était hier que tu courais à quatre pattes autour de moi, et regarde comme tu es devenu. Et toi, Corinna, tu devais être un bébé très joli mais plutôt remuant, pas vrai ? Je parie que toute petite déjà tu passais ton temps à danser, à sauter, à te balancer…

– C'est vrai, madame Maloney.

– Oh, regardez-moi cette bande de voyous !

Des gamins étaient installés à l'orée de la Tranchée, des cigarettes au poing, un sourire mauvais aux lèvres et l'enfer au fond des yeux.

– Dites donc, lança la maman de Joe. Vous allez me faire le plaisir de dégager le chemin.

– Oui, m'ame Maloney. Bien sûr, m'ame Maloney. Place à Maloney l'Unique, lalalalaaaaa !

– V'là le fauve qui arrive !

– Attention ! Des chiens sauvages !

– Gare ! C'est le Cochon de la Mort !

– Fichez le camp, ordures !

– Fichez le camp ! Dehors, les ordures !

Ils menacèrent du poing Hackenschmidt, crachèrent en voyant Corinna, grondèrent au passage de Nanty, ricanèrent à la vue de Charley et de Wilfred.

– Regardez-les. Ils transforment ce village en asile d'aliénés.

– Un vrai défilé de monstres !

– Des putains, des sorcières, des pédés, des cochons..

– Des gros, des aveugles, des toqués !

Cependant ils restèrent à distance respectueuse. La peur et l'étonnement se mêlaient au mépris dans leurs yeux. Ils s'écartèrent lentement pour les laisser passer.

– Pauvres âmes! murmura Nanty à l'oreille de Joe. Pauvres âmes torturées!

– Allez au diable, ordures!

– Dehors!

– Retournez là d'où vous venez!

– Maloney l'Unique, lalalalaaaa!

Plus loin, dans le lotissement, des enfants plus jeunes attendaient. Ils se serrèrent les uns contre les autres en voyant approcher ce groupe étrange. Leurs yeux étaient écarquillés, fascinés. Ils chuchotèrent le nom de Joe Maloney, retinrent leur souffle devant la masse énorme du célèbre Hackenschmidt, pouffèrent de rire en voyant les chiens danseurs et accueillirent avec des cris ravis le gentil cochon. En tremblant, ils touchèrent ces êtres singuliers. Et des visages apparurent aux fenêtres. Et même si certains de ces visages étaient haineux, soupçonneux, d'autres rayonnaient de joie.

La maman de Joe les guida à travers les rues.

– Voici la maison, annonça-t-elle.

Elle réfléchit un instant.

– Elle est petite, vous voyez, elle n'a vraiment rien d'extraordinaire. Mais nous pourrons nous installer dans le jardin. Et il y a du thé et du café, et du pain et de la confiture pour nous caler l'estomac. J'ai aussi du jambon, quand j'y pense, et quelques saucisses délicieuses. Et un œuf ou deux. Et un régime de bananes, sans oublier cette barquette de framboises... Un vrai festin ! Je dois aussi avoir de quoi nourrir les chiens. Et le cochon, monsieur Hackenschmidt, que mange-t-il ? Allons, donnez-vous la peine d'entrer.

Elle ouvrit la grille basse et ils traversèrent le jardin rempli de mauvaises herbes et de fleurs sauvages où Joe s'amusait quand il était petit. Elle les amena derrière la maison, fouilla dans sa poche pour trouver ses clés.

– Si quelqu'un a besoin d'aller aux toilettes, c'est la première porte à gauche en haut de l'escalier, dit-elle d'une voix légère.

Elle se mordait les lèvres, ses yeux étincelaient de joie en voyant dans son jardin ces animaux si singuliers et ces gens aussi gentils qu'étranges.

– Tu vois, Joseph, on croirait que ces histoires que tu racontais sont devenues réalité… Maintenant, dites-moi : qui veut du thé, qui veut du café ? Joe, mon garçon, apporte donc un bol d'eau à ces chiens qui meurent de soif.

Chapitre 5

Ils s'assirent confortablement dans le jardin, sur les petits tapis et les couvertures que la maman de Joe était allée chercher dans la maison. Ils mangèrent des saucisses, des fruits et des tartines. Tous célébrèrent la nourriture délicieuse, la beauté du jardin, la gentillesse de Mme Maloney. Ils conversèrent à voix basse, fredonnèrent des chansons, soupirèrent de contentement en échangeant des sourires. Les enfants de Helmouth s'approchèrent de la grille pour les observer. Des voisins se penchèrent à leur fenêtre. Les alouettes chantaient inlassablement sous le soleil resplendissant.

Corinna se leva, fit le tour du gazon en bondissant et revint en faisant la roue. Tout le monde applaudit. Elle regarda vers le haut, comme si elle cherchait un trapèze et un filet. Elle ferma les yeux et s'abandonna à la chaude lumière, puis recommença à tourbillonner avant de se laisser de nouveau tomber sur l'herbe.

Ils passèrent l'après-midi à se reposer, épuisés par leur nuit sans sommeil. Tous piquèrent un petit somme. Joe posa sa tête sur les genoux de sa maman, qui lui caressa les cheveux. Il plongea ses mains dans l'herbe haute, sourit aux araignées et aux scarabées courant sur sa peau, puis il ferma les yeux.

Deux enfants – un garçon et une fille – furent assez audacieux pour s'approcher. Ils s'avancèrent furtivement sur le sentier longeant la maison et s'accroupirent en regardant de tous leurs yeux et en chuchotant. La petite fille frotta ses doigts les uns contre les autres pour attirer l'attention des chiens. L'un d'eux gambada vers elle et la lécha, si bien qu'elle éclata de rire.

Mme Maloney ouvrit les yeux.

– Venez, mes petits choux, s'exclama-t-elle. Regardez, il reste des tartines pour vous.

Ils pénétrèrent timidement dans le jardin. Nanty Solo leur sourit et ses yeux éteints se mirent à briller. Corinna se leva et recommença à tourbillonner autour du gazon.

– C'était magnifique, la félicita la petite fille.

D'autres enfants entrèrent pour jouer avec les chiens et le cochon, et regarder Corinna.

– J'ai apporté ceci, dit une petite fille aux yeux verts qui avait des aigles imprimés sur son tee-shirt.

Elle brandit une corde confectionnée avec des élastiques noués ensemble.

– Montre-nous encore comment il faut faire.

Ils tendirent l'élastique entre les deux clôtures opposées du jardin. Corinna leur montra comment sauter sans peine, avec grâce. Puis elle tendit l'élastique plus haut. Elle leur apprit à bondir vers le soleil comme s'ils pouvaient le toucher.

– Sautez ! dit Hackenschmidt. Sautez ! Il ne faut pas sauter seulement avec votre corps, mais aussi avec votre esprit.

– Sautez dans la lumière du soleil ! dit Nanty Solo. Fermez les yeux, et sautez dans les ténèbres.

– S-sautez ! dit Joe Maloney. O-osez vous élancer dans le vide.

Sa maman sourit.

– Joe Maloney, chuchota-t-elle. Regarde comme tu es devenu, écoute comme tu parles à présent.

Et les enfants dans le jardin sautèrent, tombèrent, essayèrent de nouveau, et Corinna les encouragea en sautant elle aussi sans se lasser, encore et encore.

– Le dernier jour, murmura Nanty. Quand sera venu le dernier de tous les jours...

Elle tourna la tête pour regarder autour d'elle et se mit à sourire toute seule.

– Peut-être que le dernier de tous les jours sera venu quand nous aurons trouvé le premier de tous les jours. Sautez, les enfants ! Sautez !

Des chats vinrent jeter un coup d'œil par-dessous les haies. Des oiseaux se rassemblèrent sur les toits et les gouttières. Des abeilles bourdonnèrent de fleur en fleur. Une souris minuscule épia la scène à l'abri d'une touffe de boutons d'or.

La maman de Joe le serra très fort dans ses bras.

Bientôt Stanny Taupe arriva sur le sentier longeant la maison et pénétra d'un pas traînant dans le jardin. Il s'accroupit près de Joe en tremblant.

– Il est toujours pas revenu, chuchota-t-il.

Joe ferma les yeux et vit à travers le regard du tigre Joff trébuchant au milieu des arbres, éperdu, tourmenté.

– Ils vont le t-tuer, gémit Stanny. Ces... créatures qu'on a vues...

– Non, assura Joe. Il reviendra.

Il posa sa main sur le bras de son ami. Il se demandait dans quelle mesure Joff sortirait transformé de son combat dans la forêt.

Nanty tendit le bras vers Stanny. Elle tenait dans ses doigts un fragment noirâtre.

– Avale ça, petit chose.

Stanny recula.

– Avale, insista-t-elle.

– Qu'est-ce que c'est ?

– Avale.

Il regarda avec horreur ses yeux éteints, la cicatrice barrant son front.

– Vas-y, l'encouragea Joe. Tu n'as qu'à avaler.

Stanny ouvrit la bouche et laissa la vieille femme poser le fragment sur sa langue.

– Allez, Stanny Taupe, dit Nanty. Avale-moi ça.

Il déglutit. Elle mit ses doigts sur ses lèvres.

– Ne dis rien, ordonna-t-elle. Ne bouge pas. Contente-toi de sentir agir en toi la dent de la licorne.

Stanny se tut et l'on n'entendit que les reniflements du cochon, le bourdonnement des abeilles, la lointaine rumeur de la ville et de l'autoroute.

Puis ce fut le tour de Wilfred de montrer ce qu'il savait faire. Il siffla et appela ses petits chiens, et ils dansèrent pour lui. Après quoi Hackenschmidt demanda à deux garçons d'approcher. Il leur apprit à monter chacun sur une de ses mains et à rester immobiles, sans peur, tandis qu'il les soulevait plus haut que sa tête.

Il se mit ensuite à rire, à rugir, à crier.

– Écoutez! Je suis Hackenschmidt. Je suis le plus grand lutteur que le monde ait jamais connu. Tout ce que je dis est vrai! Qui parmi vous osera relever mon défi et gagner mille livres?

Il se frappa sur la poitrine en grondant et éclata de rire quand des petits garçons accoururent et l'encerclèrent.

Ils se calmèrent tous de nouveau et les enfants échangèrent des regards effrayés et émerveillés tandis que l'après-midi s'avançait. Le soleil s'inclina à l'horizon du jardin sur lequel il déversa des flots de lumière et de chaleur, plongeant tous ceux qui s'y trouvaient dans un doux engourdissement. L'air tremblait. Au-dessus des toits du village, la pente du beau chapiteau bleu montait à la rencontre du ciel.

Et l'après-midi s'écoula insensiblement, et les ombres commencèrent à s'allonger.

Des mères se mirent à appeler leurs enfants. Leurs voix résonnèrent par-dessus les toits et à travers les jardins de Helmouth.

– Dani-eeeeeel!

– Em-i-lyyyyyy!

– Ma-aaax!

En les entendant, des enfants s'agitèrent, se frottèrent les yeux, s'étirèrent et se décidèrent à quitter le jardin de Joe Maloney.

Corinna bondit et tournoya de nouveau pour ceux qui restaient, et Wilfred fit danser ses chiens.

Hackenschmidt murmura :

– Je suis Hackenschmidt, le Lion de Russie, le plus grand lutteur que le monde ait connu.

Se tournant vers son chapiteau, il vit qu'il s'était confondu avec le ciel et avait presque disparu dans la nuit naissante.

– Viens t'asseoir près de moi, lui dit Nanty Solo. Viens attendre avec moi le retour du premier jour.

Il obéit et s'installa à côté d'elle. Dans l'obscurité, des créatures s'animèrent au milieu des herbes sauvages : ombres, formes mouvantes, souris et scarabées, et d'autres êtres encore, entrevus moitié par les yeux, moitié par l'imagination.

Joe et sa mère les regardèrent – ils songèrent tous deux aux dessins de Joe dans la maison, à ces images d'un passé si lointain. Et Stanny Taupe regarda, lui aussi, et il rampa dans l'herbe pour s'asseoir à côté de Joe, son ami.

– Et toi ? demanda Nanty Solo en lui tendant la main. Que vas-tu faire dans ce jardin, Joe Maloney ?

Il rougit et se détourna en se mordant les lèvres. Les enfants encore présents se mirent à pouffer, car ils le connaissaient. Ils savaient de quoi était capable Maloney l'Unique.

– Allez, dit Hackenschmidt. Vas-y, mon garçon. Mets fin au dernier jour.

– Fais-le, Joe, chuchota Corinna. Donne au monde une nouvelle jeunesse.

Il baissa la tête, repris par sa timidité. Une lune pâle apparut au-dessus des Rochers de l'Os Noir. Les premières étoiles brillaient. Le jardin était semblable au chapiteau. Joe ferma les yeux et entendit les pas feutrés du tigre s'avançant jusqu'à la lisière de la forêt, comme s'il répondait à son appel. Le fauve accéléra son allure pour traverser les terrains vagues. Joe entendit son souffle, les battements de son cœur. Il se leva et fit quelques pas avec le tigre au fond de lui. Il rôda dans l'herbe, zébra l'air de ses griffes et bondit. Les enfants éclatèrent de rire en le regardant, mais ils se calmèrent bientôt car ils commençaient à entendre le tigre, ici, dans ce jardin de Helmouth. Ils entendirent ses pas légers, son souffle puissant. Ils sentirent son odeur aigre, perçurent autour d'eux le trouble causé par sa présence dans la nuit. Ils le virent bouger du coin de l'œil, tournèrent la tête avec une fascination mêlée de terreur pour essayer de suivre ses mouvements, d'apercevoir de nouveau les rayures, les yeux luisants, les crocs recourbés de la créature effrayante qui marchait sous leurs yeux avec Joe Maloney.

Puis Joe s'immobilisa. Il se rassit à côté de sa maman.

Elle se mit à chanter :

« Si j'étais un petit oiseau, haut dans le ciel,
Voici comme j'étendrais mes ailes

Pour voler, voler, voler.
Si j'étais un chat... »

Elle sourit.

– Tous les deux, nous trouverons le chemin d'une vie merveilleuse, Joe. Dès demain, quand le soleil sera de retour.

– Nous aussi, dit Nanty Solo.

Joe hocha la tête.

– Oui, approuva-t-il. Nous tous.

Il s'appuya contre sa mère, plongea son regard dans les yeux sombres de Corinna. Comme tous les autres hôtes du jardin, il s'endormit. Sous leurs pieds, la terre tournait, s'avançait vers le jour. Le tigre traversa les terrains vagues. Il retourna de son pas feutré dans la forêt, à travers la nuit.

DAVID ALMOND
L'AUTEUR

David Almond est né en 1951 à Newcastle, en Angleterre, où il vit toujours. Après des années passées dans l'enseignement, il rejoint une communauté d'artistes afin de se consacrer à l'écriture. Écrivain réputé en Grande-Bretagne (il est l'un des auteurs favoris de J.K. Rowling), David Almond a déjà publié dans la collection Folio Junior, *Ange des Marais Noirs* et dans la collection Scripto, *Le Jeu de la mort*.

Mise en pages : Aubin Leray

Loi n°49-956 du 16 juillet 1949
sur les publications destinées à la jeunesse
ISBN 2-07-053785-4
Numéro d'édition : 14439
Numéro d'impression : 65705
Dépôt légal : octobre 2003
Imprimé en France sur les presses de la Société Nouvelle Firmin-Didot